W9-CHV-096

# Ally Blake
## Vestida de novia

**HARLEQUIN**™

Editado por HARLEQUIN IBÉRICA, S.A.
Núñez de Balboa, 56
28001 Madrid

© 2013 Ally Blake. Todos los derechos reservados.
VESTIDA DE NOVIA, N.º 2239 - 19.6.13
Título original: The Secret Wedding Dress
Publicada originalmente por Mills & Boon®, Ltd., Londres.

I.S.B.N.: 978-84-687-2739-4
Depósito legal: M-10185-2013
Editor responsable: Luis Pugni
Fotomecánica: M.T. Color & Diseño, S.L. Las Rozas (Madrid)
Impresión en Black print CPI (Barcelona)
Fecha impresion para Argentina: 16.12.13
Distribuidor exclusivo para España: LOGISTA
Distribuidor para México: CODIPLYRSA
Distribuidores para Argentina: interior, BERTRAN, S.A.C. Vélez
Sársfield, 1950. Cap. Fed./ Buenos Aires y Gran Buenos Aires,
VACCARO SÁNCHEZ y Cía, S.A.

# Capítulo 1

PAIGE Danforth no creía en los finales felices. Por tanto, muy buena amiga debía de ser para estar congelándose de frío a las puertas de un almacén de Melbourne, en una fría y nublada mañana invernal, esperando a que abrieran las puertas para que su amiga Mae se comprara un vestido de novia.

Los carteles rosados que ondeaban junto a las agrietadas paredes de ladrillo anunciaban una liquidación de trajes de novia, nuevos y usados, con descuentos de hasta el noventa por ciento. Paige se preguntaba si alguna de las otras mujeres de la cola, que a esas alturas ya había llegado a la esquina de la manzana, sería capaz de ver la deprimente realidad que enmascaraba el bombo publicitario. No era probable, a juzgar por el brillo maníaco de sus ojos. Todas y cada una de ellas creían ciegamente en las canciones y poemas de amor.

—La puerta se ha movido —le susurró Mae, agarrándola con tanta fuerza del brazo que debió de dejarle una marca.

Paige levantó su larga melena para darle una vuelta más a la bufanda de lana alrededor del cuello y pisó con fuerza el pavimento para reactivar el flujo sanguíneo.

–Alucinas.

–Se ha movido –insistió Mae–, como si alguien la estuviera abriendo desde dentro.

La noticia se propagó como un fuego descontrolado por la cola y Paige casi cayó al suelo ante la repentina embestida.

–¡Calma! –dijo, soltándose de la garra de su amiga mientras fulminaba con la mirada a la mujer con aspecto de energúmena que la empujaba por detrás–. Las puertas se abrirán cuando sea el momento y entonces podrás encontrar el vestido de tus sueños. Si no eres capaz de encontrar un vestido entre un millar, es que eres un fracaso de mujer.

Mae dejó de retorcerse y le echó una mirada ceñuda.

–Solo por eso debería despedirte como dama de honor.

–¿De verdad lo harías? –le preguntó Paige, esperanzada.

Mae se echó a reír, pero enseguida se puso a dar saltos en la acera como un boxeador segundos antes de subir al ring. Llevaba su alborotada melena rojiza recogida en una cola de caballo y su concentración era total, como el día en que su novio se le declaró.

De pronto, las puertas de madera se abrieron y del interior salió una bocanada de alcanfor y lavanda, acompañando a una mujer de aspecto cansado con vaqueros y una camiseta del mismo color rosa que el cartel.

–¡Precio fijo! –gritó–. ¡No se admiten cambios ni devoluciones! ¡Tallas únicas!

La larga fila de mujeres se lanzó hacia las puertas

como si hubieran anunciado que Hugh Jackman iba a dar masajes gratis en la espalda a las cien primeras que entrasen en el local.

Paige se dejó arrastrar hacia el interior y se agarró a los hombros de Mae cuando su amiga se detuvo en seco y la marea femenina se abría ante ellas como las aguas del Mar Rojo ante Moisés.

–Dios... –murmuró Mae, y hasta Paige se quedó impresionada por lo que veían sus ojos.

Decenas y decenas de vestidos para todos los gustos se sucedían hasta donde alcanzaba la vista. Vestidos de diseño y confección. Vestidos de segunda mano. Vestidos con taras. Todos con descuentos formidables para una liquidación inmediata.

–¡Vamos! –gritó Mae, abalanzándose hacia lo primero que le llamó la atención.

Paige se refugió en un rincón junto a la puerta y agitó el móvil en el aire.

–Estaré aquí si me necesitas.

Mae sacudió la mano sobre las cabezas y luego desapareció.

Lo que ocurrió a continuación fue una auténtica lección de antropología. Una mujer junto a Paige, que llevaba un impecable traje a medida, se puso a chillar como una adolescente al encontrar el vestido de sus sueños. Otra, con gafas, un discreto conjunto y el pelo recatadamente recogido, tuvo una rabieta infantil con pataleta incluida al descubrir que el vestido que le gustaba no era de su talla.

Todo por un simple vestido que solo lucirían una vez en la vida, en una ceremonia donde se obligaba a hacer promesas de amor y fidelidad eternos. Para

Paige, sin embargo, el amor ciego hacia otra persona solo conducía al desengaño y el arrepentimiento por los años perdidos. Era mucho mejor jurarse amor y fidelidad a uno mismo. No merecía la pena buscar a otra persona solo para poder vestirse como una princesa una vez en la vida.

Los olores a laca y perfume se mezclaron con el alcanfor y la lavanda y Paige tuvo que respirar por la boca. Aferró el móvil con fuerza, deseando que Mae la llamara.

Mae... Su mejor amiga y cómplice desde la infancia. Siempre habían sido inseparables, desde que sus padres se divorciaron a la vez y ellas se convencieron de que los finales felices no eran más que un mito romántico para vender flores y tartas nupciales. Mae, quien se había olvidado de todo nada más conocer a Clint.

Paige tragó saliva. Le deseaba lo mejor a su amiga y quería que fuera feliz con su novio para siempre, pero cada vez que lo pensaba sentía una punzada de miedo en el estómago. Así que decidió pensar en otra cosa...

Como encargada de Ménage à Moi, un negocio al por menor de menaje para el hogar, siempre estaba buscando ubicaciones que sirvieran de fondo para sus catálogos. Y, aunque aquel almacén se caía a pedazos, las agrietadas paredes de ladrillo podrían ofrecer un toque romántico si no quedara más alternativa.

Pero ella no tenía la menor intención de utilizar aquel lugar. El próximo catálogo tenía que hacerse en Brasil y no cabía ninguna otra posibilidad. Tal vez fuera un gasto excesivo para un simple catálogo, pero algo le decía que valdría la pena. Su proyecto era tan interesante que su jefa no podría negarse. Y era el cambio que necesitaba en su vida...

Sacudió la cabeza. Brasil era el cambio que necesitaba el negocio, no ella. Ella estaba estupendamente. O lo estaría en cuanto saliera de aquel almacén viejo y destartalado.

Respiró hondo por la boca, cerró un ojo y se imaginó las inmensas ventanas cubiertas con cortinas azules de chiffon y la colección de la próxima temporada, con motivos brasileños de brillantes colores, contra las apagadas paredes de ladrillo. Los cristales estaban tan sucios que apenas dejaban pasar la luz del sol, salvo un rayo que se colaba por un círculo incongruentemente limpio. Las motas de polvo bailaban en su trayectoria y Paige lo siguió con la mirada hasta una fila de vestidos de novia con faldas tan voluminosas que sería imposible avanzar con ellas por el pasillo de una iglesia.

Se disponía a apartar la mirada cuando algo le llamó la atención. Un destello de chiffon de color champán. El brillo tornasolado de las perlas. El complejo bordado del encaje. Una cola tan diáfana que desapareció cuando alguien pasó junto a los percheros y bloqueó el rayo de luz.

Paige parpadeó un par de veces, pero el corazón le dio un vuelco al constatar que, efectivamente, el vestido había desaparecido.

Se le formó un nudo en la garganta, sintió que se mareaba y fue incapaz de pensar en nada.

Entonces la persona volvió a moverse, el rayo de luz volvió a recorrer su trayectoria sin obstáculos...

y allí estaba de nuevo el vestido. Un segundo después, Paige estaba abalanzándose hacia la prenda como si estuviera poseída por una fuerza sobrenatural, y sus manos lo sacaron del apretado confinamiento al que lo sometían los otros vestidos, tan fácilmente como Arturo liberó a Excalibur de la piedra.

Mientras sus ojos recorrían los tirantes nudosos, el pronunciado escote en V, el corpiño de encaje guarnecido con perlas ensartadas que se estrechaba en la cintura para luego desaparecer en una falda vaporosa, el corazón se le desbocó como un caballo salvaje.

—Precioso —dijo una mujer detrás de ella—. ¿Solo estás mirando o piensas llevártelo?

¿Precioso? Aquella palabra no le hacía justicia al retazo de perfección que colgaba de las temblorosas manos de Paige.

Sacudió la cabeza, sin volverse, y de sus labios salieron las palabras que nunca creyó que llegaría a pronunciar.

—Este vestido es mío.

—¡Paige!

De nuevo junto a la puerta, Paige alzó la vista y vio a Mae avanzando hacia ella.

—¡Llevo veinte minutos llamándote!

Paige se llevó la mano al bolsillo donde tenía el móvil. No había oído ni sentido nada.

Mae señaló frenéticamente la pesada bolsa beis que le colgaba del codo.

—¡Lo conseguí! Quería que lo vieras, pero no podía avisarte porque había una morena flacucha que lo miraba como una hiena hambrienta, así que me desnudé y me lo probé allí mismo, en mitad del pasillo. Y me queda de muerte –entonces se fijó en la bolsa blanca con letras rosas que tenía Paige sobre los muslos–. ¿Has encontrado un vestido de dama de honor?

Paige tragó saliva y negó lentamente con la cabeza. Incapaz de decirle la verdad, movió temblorosamente un brazo hacia el mar de encaje y seda de color blanco y marfil.

–¿Lo has comprado para uno de tus catálogos? ¿Vas a inspirarte en una boda?

Allí estaba. La excusa perfecta. El vestido era caro, muy caro. Tanto que casi podría declararlo como gasto deducible en la renta. Pero el miedo le atenazaba la garganta.

Mae arqueó las cejas, las mantuvo así unos segundos y se echó a reír.

–Creía que era yo la única que hacía locuras, pero esto se lleva la palma.

–¿Qué quieres decir con eso? –preguntó Paige al recuperar finalmente la voz.

Mae se llevó la mano libre a la cadera.

–Dime, rápido, ¿cuándo fue la última vez que tuviste una cita?

Paige abrió la boca para decirle cuándo, con quién y dónde, pero ninguna palabra salió de sus labios. Porque no podía recordar cuánto tiempo había pasado desde su última cita. ¿Semanas? ¿Meses? En vez de preocuparse, no obstante, se aferró a la esperanza de que hubiera una razón lógica y sensata para aquel arrebato consumista.

–Tienes que encontrar a un hombre enseguida –Mae la agarró del brazo y la hizo ponerse en pie–. Pero lo primero es salir de aquí... antes de que este olor a laca y desesperación me revuelva las tripas.

Mientras esperaba a que se cerrasen las puertas del ascensor del edificio de apartamentos Botany, en Docklands, Paige contemplaba distraídamente el suelo blanquinegro del vestíbulo, el empapelado negro de las paredes y los marcos dorados de las puertas; todo tenuemente iluminado por media docena de arañas de nácar.

¿Tendría razón Mae? ¿La impulsiva compra del vestido era el resultado de una larga abstinencia? ¿Como un acto reflejo en sentido contrario? Tal vez. Porque, aunque no tuviera la menor intención de casarse, le gustaba salir y le gustaban los hombres. Le gustaba cómo olían, cómo pensaban y el calor que la invadía al sentirse atraída. Le gustaban los hombres que vestían bien, los que invitaban a copas, los que trabajaban tanto como ella y no buscaban nada más que un rato de compañía. En definitiva, la clase de hombres por los que era famoso el centro de Melbourne.

¿Dónde se habían metido todos?

¿O tal vez fuera culpa suya? ¿Le estarían pasando factura todo el tiempo y el esfuerzo dedicado al proyecto del catálogo brasileño? ¿O simplemente estaba cansada de salir siempre con el mismo tipo de hombres? Quizá estuviera emocionalmente saturada de la serie *Las chicas Gilmore*, que reponían una y otra vez por la tele.

Se cambió la bolsa de mano y flexionó los agarrotados dedos de la mano libre mientras esperaba a que se cerrara el ascensor. Llevaba rato esperando, y aún podría tardar bastante. El ascensor tenía personalidad propia. Subía y bajaba, pero lo hacía de un modo completamente aleatorio, sin detenerse en la planta elegida por el usuario. De nada habían servido las patadas ni decírselo a Sam, el conserje. Tal vez habría que darle las patadas a Sam...

Por otro lado, un ascensor defectuoso era un precio muy pequeño a pagar con tal de vivir en su pequeño paraíso del octavo piso. Había crecido en una casa enorme que olía a flores secas y cortinas de cretona y donde se podía palpar la tensión en el aire. La primera vez que vio la espaciosa y esbelta opulencia de los Apartamentos Botany se sintió como si pudiera respirar de verdad por primera vez en su vida.

Cerró los ojos y pensó en la decoración minimalista de su apartamento, en la vista de la ciudad, en los dos dormitorios... uno para ella y el otro que le servía de estudio o para acoger a Mae cuando su amiga se quedaba a dormir en casa tras una noche de juerga... algo que no sucedía desde que Clint le propuso matrimonio.

Meneó la cabeza como si estuviera ahuyentando una mosca. El ascensor era un mal menor, salvo cuando llegaba a casa cargada con una bolsa tan pesada como aquella.

De acuerdo. Si su carencia de citas la había llevado a cometer aquella locura, tendría que hacer algo al respecto. Y pronto. De lo contrario, ¿qué sería lo próximo que hiciera? ¿Comprarse un anillo? ¿Alquilar un salón en el hotel Langham? ¿Contratar un servicio de publicidad aérea para ofrecerse como novia en el cielo de Melbourne?

–Prometo que me arrojaré en brazos del primer hombre que me sonría –murmuró para sí misma–. Puede invitarme a cenar, o yo puedo invitarlo a un café. O incluso compartir una botella de agua en la máquina de la tercera planta. Pero necesito pasar tiempo con un hombre, y rápido.

Una eternidad después, cuando las puertas del ascensor empezaron a cerrarse, Paige casi soltó un sollozo de alivio. Pero entonces, en el último instante, aparecieron unos dedos largos y bronceados en la abertura.

–Sujeta la puerta –dijo una voz profunda y masculina.

Oh, no, pensó Paige. Si las puertas se abrían, la larga espera comenzaría de nuevo.

–¿No? –preguntó la voz de hombre con un deje de incredulidad, y Paige se encogió de vergüenza al darse cuenta de que debía de haber hablado en voz alta. Los años que se había pasado viviendo sola le habían hecho adquirir la costumbre de hablar consigo misma.

Sin sentir el menor remordimiento, pulsó repetidamente el botón para cerrar las puertas.

Pero los dedos largos y bronceados tenían otras ideas. Sujetaron la puerta con una impresionante exhibición de fuerza bruta y entonces apareció el hombre. Era alto y robusto, tan corpulento que ocultaba el vestíbulo a la vista. Tenía la cabeza agachada y el ceño fruncido mientras miraba el teléfono inteligente que sostenía en su mano libre.

Su imagen hizo que Paige se encogiera aún más en el pequeño ascensor. Sus ojos recorrieron rápidamente la chaqueta de cuero marrón con cuello de lana, los vaqueros ceñidos a los poderosos muslos, el bulto rectangular de la cartera en el bolsillo trasero, las botas llenas de arañazos...

Todo el sosiego inspirado por las arañas de nácar y los marcos dorados se esfumó ante el súbito impacto de aquel desconocido. Un remolino de calor se propagó por su estómago y subió hasta sus mejillas. Y, antes de que pudiera recomponerse, una voz interior le lanzó una súplica silenciosa a aquel hombre.

«Sonríe».

Se puso a toser, horrorizada por sus pensamientos. Él no era lo que había estado pensando al decidir que se arrojaría en brazos del primer hombre que le sonriera. No, ella necesitaba algo más cómodo y seguro que aquel espécimen de virilidad y testosterona, anchos hombros y una alborotada melena negra. A lo que había que añadir unos ojos oscuros semiocultos por los párpados, una barba incipiente cubriendo el recio mentón y unos labios perfectos que se curvaron ligeramente hacia arriba mientras el hombre se guardaba el teléfono en el bolsillo interior de la chaqueta.

La había pillado mirando, y Paige sintió que le hervía la sangre bajo la piel.

—Gracias por esperar —le dijo el desconocido con una voz intensa y profunda.

—No hay de qué —respondió Paige. Lo miró a los

ojos y vio como arqueaba casi imperceptiblemente las cejas. El intento por impedir que entrara en el ascensor no había pasado desapercibido.

Cerró la boca y se apretó todo lo posible contra la pared del ascensor. Era un espacio minúsculo, como correspondía al original diseño del edificio, y aquel hombre lo llenaba con su presencia y con la fuerza que irradiaba su cuerpo. Cada vez que respiraba, a Paige se le ponían los vellos de punta. Cuanto antes llegara aquel hombre a su destino, mejor.

–¿Qué piso? –preguntó él.

–Octavo –dijo ella con voz grave, señalando con el dedo el botón iluminado con el número ocho.

El desconocido se pasó una mano por la nuca y volvió a esbozar una media sonrisa, y Paige contuvo la respiración mientras sus hormonas se revolucionaban y sus rodillas se convertían en gelatina.

–Ha sido un largo vuelo –dijo él. Su voz reverberó a través del suelo del ascensor y subió por las piernas de Paige–. Todavía no he aterrizado del todo.

¿Que todavía no había aterrizado del todo? Un centímetro más de él y Paige se fundiría con la pared.

El desconocido se inclinó para pulsar el botón que cerraba las puertas y un intenso hormigueo recorrió la piel de Paige. Aspiró profundamente y reconoció el olor a cuero, a madera recién cortada, a aire marino, a un sudor que no era el suyo...

Afuera hacía un frío invernal, pero Paige se quitó la bufanda del cuello y pensó en helados y bolas de nieve para contrarrestar el sobrecalentamiento. Si bien los ojos de aquel hombre le hacían pensar que ni siquiera una nevada sería suficiente.

Él se echó hacia atrás y gruñó cuando el ascensor no se movió.

—Oh, no, no —dijo Paige—. Es inútil apretar ese botón. O cualquier otro. Este ascensor hace lo que quiere, sin la menor consideración por...

En aquel momento, las puertas se cerraron, la cabina dio una ligera sacudida y, al cabo de un segundo, empezó a subir. Sin salir de su asombro, Paige miró el indicador sobre las puertas, donde los números se iban iluminando en orden secuencial mientras subían suavemente hacia el cielo.

—¿Qué decías? —le preguntó el hombre.

Paige lo miró a los ojos y encontró un destello de humor en su mirada, como si fuera a sonreír de un momento a otro.

—Parece que el ascensor la tiene tomada conmigo —dijo con el tono más despreocupado que pudo—. ¿Te interesa un puesto de ascensorista? Te pagaría yo misma.

La expresión del hombre se tornó más cálida y amable. O mejor dicho... ardiente, como si el destello de su mirada hubiese prendido una mecha en sus duras facciones.

—Gracias, pero ya tengo bastante trabajo.

¿Se había acercado más a ella? ¿O solo estaba cambiando de postura? En cualquier caso el ascensor pareció encogerse aún más.

—Bueno... Tenía que intentarlo.

El bonito labio superior empezó a curvarse y Paige fijó la mirada en el indicador sobre la puerta.

—¿Vives en el edificio? —le preguntó él.

Paige asintió, mordiéndose el labio para que no le temblara.

—Eso explica tu... relación con el ascensor.

Paige respiró profundamente y, una vez más, se llenó con aquel olor fresco y varonil. Tal vez no fueran alucinaciones suyas y aquel hombre fuese un piloto de combate, un leñador y un regatista. Tampoco era una posibilidad tan descabellada...

—Empezó poco a poco —dijo, con la misma voz que si hubiera corrido un kilómetro en medio minuto—. De vez en cuando se pasaba una planta y poco más. Pero ahora falla todo el tiempo. Y yo sigo pulsando el botón aun sabiendo que no servirá de nada, pues me niego a perder la esperanza de que algún día se comporte como un ascensor normal.

—La mujer y el ascensor... —dijo él con un brillo de regocijo en los ojos—. Como en una película de ciencia ficción.

A Paige se le escapó una carcajada que resonó en las paredes del minúsculo ascensor. Lo miró a los ojos y se encontró con una mirada tan intensa y penetrante que por unos momentos se olvidó de dónde estaba.

La única explicación a la reacción que estaba teniendo era su larga abstinencia. Aquel hombre no era su tipo, ni muchísimo menos. Normalmente, le gustaban los hombres de aspecto tan cuidado y presentable que casi resultaran transparentes. Hombres que no se sorprendieran si ella les presentaba un contrato para salir tres noches por semana, pagarlo todo a medias y sin promesas imposibles de cumplir.

Aquel hombre, en cambio, era de facciones duras y curtidas, enigmático y tan diabólicamente sexy que

Paige tenía que refrenarse para no tocarlo y enterrar la cara en su cuello.

Una aventura con un hombre así sería como cambiar un paseo en poni por galopar a lomos de un semental en la Melbourne Cup. Pero ella no buscaba una relación. Tan solo necesitaba un trampolín para saltar de nuevo al mundo de las citas...

Extendió una mano.

–Paige Danforth. Del octavo piso.

–Gabe Hamilton. Del doce.

–¿El ático? –aquel apartamento llevaba vacío desde que ella se mudó al edificio–. Entonces no has venido de visita...

–No.

–¿Lo has alquilado?

–Es mío.

Paige asintió, como si estuvieran hablando del mercado inmobiliario y no insinuando algo más.

–No sabía que lo hubieran vendido.

–No se ha vendido. He estado fuera y ahora he vuelto –no dijo por cuánto tiempo, pero el brillo de sus ojos hacía pensar que no iba a ser una corta temporada.

El ascensor emitió un pitido justo cuando Paige hacía acopio de valor para hacer algo tan imprudente como necesario, y las puertas se abrieron.

–Entiendo –murmuró ella, mirando el empapelado plateado de su piso. ¿Qué podía hacer además de salir?

Pasó junto a Gabe y le rozó accidentalmente la muñeca con el dorso de la mano. Fue el contacto más ligero posible, pero la piel le chisporroteó mientras salía al pasillo y se daba la vuelta para invitarlo a un café. O para enseñarle las vistas de Melbourne. O para cualquier otro eufemismo que acabara de una vez por todas con su larga sequía de hombres.

Pero, entonces, él ocultó un bostezo con la mano, y Paige comprendió que el brillo de sus ojos se debía seguramente al jet lag, no a una especie de química extraordinaria y recíproca.

Si antes creía haberse puesto colorada, en esos momentos su cara debía de asemejarse a un camión de bomberos.

«Por favor», le suplicó al ascensor mientras los dos se miraban. «Ciérrate ya, solo por esta vez, por favor».

Sus ruegos fueron escuchados y las dos grandes puertas plateadas empezaron a deslizarse la una hacia la otra. La figura de Gabe se fue haciendo más oscura, pero entonces rodeó con una mano el borde de una de las puertas para detenerla. El mecanismo de aquel ascensor no era rival para su fuerza.

—Hasta la vista, Paige Danforth, del piso octavo —dijo, antes de retirar otra vez la mano.

Y, justo cuando las puertas estaban a punto de cerrarse, sonrió. Fue una sonrisa letal, llena de promesas, que prendió hasta la última célula de Paige.

Un segundo después, desapareció.

Paige permaneció unos instantes en el pasillo, respirando por la nariz, con la imagen de aquella sonrisa grabada en su retina, incapaz de moverse.

El ruido metálico del ascensor ascendiendo la sacó de su ensoñación. Parpadeó y miró su reflejo en las impolutas puertas plateadas.

O, mejor dicho, miró la gran bolsa blanca que colgaba de su mano derecha... una mano derecha que ya nunca volvería a sentir igual. La bolsa de la que se había olvidado por completo.

La bolsa con las palabras escritas en rosa: *¡Vestidos de novia a precio de saldo!*

# Capítulo 2

MALDITA sea –masculló Gabe a solas en el ascensor, frotándose el dorso de la mano donde aún sentía el calor de la piel de su vecina.

A pesar de las interminables caminatas en la aduana, del trayecto desde el aeropuerto, del viento helado que soplaba en Port Phillip Bay y que le congelaba los huesos mientras esperaba que el taxista le cobrase la carrera con la tarjeta de crédito, Gabe no había renunciado a la esperanza de encontrar alguna razón que lo animara a quedarse en Melbourne un minuto más de lo estrictamente necesario.

Y el destino le había presentado a una vecina con ojos azules, piernas kilométricas y una melena rubia y ondulada que habría hecho resucitar a Alfred Hitchcock. Incluso tenía los ojos de la clásica rubia de Hitchcock y que advertían a cualquier hombre que se atreviese a entrar que lo hacía por su cuenta y riesgo.

Él no necesitaba ninguna advertencia. En cuanto firmara lo que Nate, su socio, quisiera que firmase, se subiría a un taxi para volver al aeropuerto. Ni siquiera la química que había transformado el pequeño ascensor en un invernadero móvil lo haría cambiar de opinión.

Se ajustó las bolsas al hombro, se metió las manos en los bolsillos de la chaqueta y se apoyó en el rincón con los ojos cerrados. El recuerdo de dónde estaba y de por qué se había marchado pugnaba por escapar del fondo de su mente. Para distraerse, se puso a pensar otra vez en la rubia. En cómo se mordía el labio inferior, en la dulce y deliciosa fragancia con que había invadido el diminuto espacio y en cómo lo había mirado... al principio con fastidio, y, después, como si quisiera comérselo allí mismo.

–Cielos... –exclamó en voz alta al tiempo que abría los ojos y se agarraba a la barandilla que discurría por la pared del ascensor. ¿El ascensor había dado una sacudida o había sido él? ¿Sería el jet lag? ¿O quizá sufría de vértigo?

Se pasó las manos por la cara. Necesitaba dormir, y pensó en la cama extragrande que había enviado la semana anterior desde Sudáfrica. El trato estaba hecho y volvería a largarse en cuanto se le presentara la próxima oportunidad de inversión, pero, de todos modos, se imaginó enterrando la cara en la almohada y durmiendo durante doce horas seguidas.

Para algunos, el hogar era una casa de ladrillos y cemento. Para otros, era la familia. Para Gabe, era donde estaba el trabajo. Y allí donde pudiera invertir con éxito, allí enviaba su cama. Y su almohada... tan aplastada que ya de poco le servía. Y su colchón, perfectamente adaptado a su cuerpo.

El ascensor lo dejó en el ático justo cuando empezaba a quedarse dormido de pie. Bostezó hasta destaponarse los oídos y buscó las llaves del apartamento que nunca había visto. Lo había comprado para hacer callar a Nate, quien insistía en que se buscara una residencia en Melbourne ya que allí tenían la empresa.

Abrió y permaneció en el umbral. Comparado con la minimalista habitación de hotel que había sido su hogar en los últimos meses aquel apartamento era inmenso. Ocupaba toda la planta y tenía unos grandes ventanales que llenaban una pared, pero el mundo gris y lluvioso que mostraban y los colores oscuros del apartamento hacían que se respirara una sensación claustrofóbica.

–Bueno, Gabe... –le dijo a su reflejo–. Ya no estás en Río.

Dejó la bolsa y el maletín del portátil en el único mueble de la habitación, un sofá negro en forma de L que dividía la estancia en dos, y el grito que se elevó de los cojines lo hizo olvidarse al instante del jet lag y del vértigo. Se dio la vuelta con el corazón en un puño y descubrió a un hombre tendido en el sofá.

–Nate... –murmuró al reconocerlo, doblándose por la cintura para recuperar el aliento–. Me has dado un susto de muerte.

El mejor amigo y socio de Gabe se incorporó, con el pelo pegado a la sien.

–Quería cerciorarme de que llegabas sano y salvo.

–De que llegara, punto –dijo Gabe–. Dime que me has llenado la nevera.

–Lo siento. Pero sí he traído unos dónuts... Están en la encimera.

Gabe miró la caja blanca de camino al frigorífico,

vacío salvo por el manual de instrucciones. Un escalofrío le recorrió la espalda. Cruzó el apartamento hacia las puertas dobles que debían de conducir al dormitorio, las abrió y...

No había cama.

Maldijo en voz baja y se frotó el cuello tan rápidamente que se quemó los dedos.

La mano de Nate se posó en su hombro un segundo antes de oír la risa de su amigo.

–Tu sofá no es tan cómodo como parece.

–Pues no parece que a ti te importara mucho hace un momento.

–Ya me conoces, puedo echarme una siesta en cualquier sitio. Una de las ventajas de sufrir insomnio crónico.

Gabe cerró muy despacio las puertas de la habitación, incapaz de mirar el espacio donde debería estar su cama.

–¿Vas a irte a un hotel? –le preguntó Nate.

–Solo de pensar en volver a salir con ese frío, hace que me duelan los dientes.

–Te ofrecería mi sofá, pero mi decorador se ha vuelto loco y lo ha tapizado de cuero con botones por todas partes.

–Gracias, pero no quiero arriesgarme a pillar nada.

Nate sonrió y se apartó.

–Bueno, ahora que has llegado, ya puedo irme... Te veré en la oficina el lunes. ¿Te acuerdas de dónde está?

Gabe no se molestó en responderle. Apenas pisaba Melbourne una vez cada dos o tres años, pero sabía muy bien de dónde recibía su sueldo.

Nate chasqueó con los dedos de camino hacia la puerta.

–Casi se me olvida... El viernes por la noche hay una fiesta para celebrar el estreno de la casa.

Gabe negó con la cabeza. Para el viernes ya se habría marchado de allí.

–Demasiado tarde –dijo Nate–. Todo está preparado. Va a venir Alex, el viejo grupo de la universidad, algunos clientes y también unas chicas a las que acabo de conocer.

–Nate...

–Eh, considérate afortunado. Estoy tan contento de que hayas venido que a punto he estado de lanzar octavillas desde un avión.

Se marchó y Gabe se quedó en el enorme, frío y vacío apartamento. La niebla de Port Phillip Bay se condensaba al otro lado de los ventanales como una nube de malos recuerdos, haciéndole descartar cualquier posibilidad de seguir allí al cabo de una semana.

Antes de convertirse en un témpano, buscó el mando a distancia de la calefacción y la puso al máximo.

En un armario encontró ropa de cama, se desnudó e improvisó un lecho en el suelo del dormitorio con mantas y un gran cojín. Se quedó dormido apenas cerró los ojos.

Y empezó a soñar.

Con una mano suave, fresca y femenina acariciándole los pelos de la nuca y con un descapotable rojo rugiendo bajo sus muslos mientras tomaba las curvas sobre un acantilado al sur de Francia. Al detenerse en un punto panorámico, la dueña de la mano, una preciosa mujer rubia, se sentó en su regazo y lo envolvió con su dulce fragancia un segundo antes de besarlo con lengua.

«Chúpate esa, Hitchcock».

Aquella noche, en el Brasserie, uno de los concurridos restaurantes que se alineaban en el paseo marítimo, Clint, el novio de Mae, se atragantó con la comida cuando Mae le contó el arrebato consumista de Paige. Un camarero tuvo que aplicarle la maniobra Heimlich para desatascarle el conducto respiratorio y,al final, todo el restaurante acabó celebrándolo mientras Paige se cubría la cara con las manos.

–¿Qué ha pasado desde anoche, cuando te dejamos en un taxi tras las copas, y esta mañana? –quiso saber Clint, ya recuperado del todo–. ¿El taxista se te declaró, quizá?

Paige lo fulminó con la mirada, y Clint sonrió y levantó las manos en gesto de rendición antes de ponerse a jugar con el móvil.

No se molestó en decirle que seguía siendo tan reacia al compromiso como siempre, pero tampoco le contó lo del ascensor y el nuevo vecino, capaz de hacerle perder la cabeza a una chica sin necesidad de tomarse unas copas de más.

Bajó las manos al vientre, donde aún podía sentir el murmullo de su voz profunda y varonil.

Como llevaba haciendo todo el día, pensó en la bolsa blanca con letras rosas que colgaba del respaldo de la silla del comedor. Que Gabe Hamilton hubiera estado seduciéndola mientras ella cargaba con un traje de novia indicaba su absoluta falta de escrúpulos. Una razón más para alejarse de él. Para ella, la fidelidad era sagrada. Había trabajado para la misma empresa desde la universidad. Tenía a su mejor amiga desde el colegio. Sería capaz de conducir media hora para ir en busca de su comida tailandesa favorita. Por contra, había visto el irreversible desmoronamiento de su madre debido a las continuas infidelidades de su padre.

–Parece que tenemos un nuevo pirata en la ciudad –dijo Mae, devolviéndola al presente.

Clint levantó brevemente la mirada, pero lo que vio no tenía el menor interés para él, porque le robó a Mae un trozo de chuleta y siguió con su teléfono.

Paige cedió a la curiosidad y se giró para mirar por encima del hombro. El corazón le dio un vuelco, otra vez, al descubrir a su vecino en el centro de la sala, calentándose las manos en el fuego. Su largo pelo negro se rizaba ligeramente sobre el cuello de la chaqueta.

–Míralo –dijo Mae–. Ahí erguido con las piernas separadas, como en la cubierta de un barco con el mar revuelto... O como si necesitara hacer espacio para su paquete...

–¡Mae!

Su amiga se encogió de hombros.

–No me mires a mí. Míralo a él.

Paige intentó no mirar. Lo intentó con todas sus fuerzas, pero por mucho que su cabeza la animase a olvidarlo, el resto de su cuerpo tenía otros principios. Incapaz de seguir resistiéndose, lo miró a tiempo de ver cómo sacaba su teléfono móvil del bolsillo de la chaqueta. El movimiento reveló una amplia porción de pecho cubierta con una camiseta desteñida, y Paige no supo qué la hizo salivar más, si el fugaz destello de vientre bronceado al levantarse su camiseta o los rítmicos movimientos de su dedo pulgar sobre la pantalla del móvil.

Entonces él se volvió y recorrió el comedor con la mirada.

—¡Agáchate! —exclamó Paige, y se hundió en la silla hasta quedar con medio cuerpo por debajo de la mesa. Sus dos amigos, obviamente, se limitaron a mirarla con la boca abierta.

—¿Se puede saber qué haces? —le preguntó Mae.

Paige volvió a incorporarse, muy despacio.

—Lo conozco —admitió, deseando tener ojos en la nuca.

—¿A él? Ah, vaya... ¿Y quién es?

—Gabe Hamilton. Se ha mudado a mi edificio. Nos conocimos en el ascensor esta mañana.

—¿Y? —la apremió Mae, brincando en la silla.

—Y nada. No empieces a hacerte ideas. Intenté impedir que entrase en el ascensor, pero él lo hizo de todos modos y me vi atrapada en una subida muy incómoda.

Mae no dejaba de sonreír, y Paige se dio cuenta de que se estaba retorciendo en la silla.

—De acuerdo, es muy guapo y huele como si hubiera estado construyendo una cabaña de troncos en el bosque. Y... bueno, tal vez coqueteásemos un poco —levantó una mano para atajar el comentario de Mae—. Y eso no es lo mejor. Todo sucedió justo después de que me dejaras en casa... Mientras llevaba la bolsa del vestido de novia.

–¿Pero no le explicaste que...?

–¿Cómo? «Mira, desconocido, ¿ves este vestido de novia? Ignóralo. No significa nada. Estoy libre y soy toda tuya, si quieres».

–A mí me parece una buena explicación –intervino Clint.

Mae le dio un manotazo en el pecho. Él sonrió y siguió fingiendo que no estaba escuchando.

–Todo es culpa tuya y de tus teorías sobre la falta de hombres –acusó Paige a su amiga–. Me lo pusiste muy difícil para no coquetear con cualquiera.

–¿Quieres decir que si hubiera sido el conserje lo hubieras violado en el ascensor? –murmuró Mae, sacudiendo la cabeza como si Paige se hubiera vuelto loca.

Paige sintió que el suelo se tambaleaba bajo la silla. Mae debería haberla comprendido. O al menos la Mae que siempre había conocido. Aquella nueva Mae, felizmente comprometida, estaba demasiado cegada por el romanticismo.

Paige reprimió el impulso de inculcarle un poco de sentido común a su amiga, agarró la copa y tomó un largo trago de cóctel.

–Ese hombre debe de pertenecer a otra dimensión –dijo Mae–. Una donde los hombres salen con físicas nucleares que hacen de modelos en el tiempo libre. O eso, o es gay.

–No es gay –declaró Paige, recordando cómo le había acariciado el rostro con la mirada y cómo se había acercado a ella durante la subida, centímetro a centímetro. El jet lag no podía ser la única explicación–. Sea como sea, no importa. A un hombre que intenta ligar con una mujer que lleva un traje de novia deberían caparlo.

–Pues vas a tener la oportunidad de decírselo tú misma –comentó Mae–. Porque viene hacia aquí...

Gabe había estado a punto de marcharse cuando la vio.

Primero había visto a su compañera, una mujer pelirroja que no parecía tener ningún reparo a la hora de mirar a los desconocidos. Y, luego, descubrió el pelo rubio y ondulado de su vecina, que estaba de espaldas a él. Si le hubiera sonreído o saludado, él habría hecho lo mismo y se habría marchado a casa. Pero que la mujer a la que él había decidido ignorar lo estuviese ignorando a él estimuló sus genes más perversos y lo hizo dirigirse hacia ella.

–Vaya, vaya, si es la señorita del octavo piso –dijo, posando una mano en el respaldo de la silla.

Paige se giró con las cejas arqueadas y una sonrisa. Pero en cuanto sus ojos se encontraron, Gabe sintió un nudo en el pecho y un repentino afecto por el duro suelo de su habitación.

«Maldito Hitchcock», pensó al recordar aquellos mechones rubios acariciándole el pecho en el asiento del descapotable. Tal vez solo hubiera sido un sueño, pero a su libido le importaba un bledo la diferencia.

–Cuando me despedí de ti hasta la vista, no pensaba que fuéramos a vernos tan pronto.

–Si vivimos en el mismo edificio no será raro tropezarnos el uno con el otro.

–Suerte para nosotros –dijo él con una sonrisa cargada de significado. A ella no se le pasó por alto la insinuación, a juzgar por las llamas que despidieron sus ojos, pero era evidente que se contenía.

Todo en ella, desde sus uñas rosadas a la punta de sus cabellos, prevenía contra lo que sin duda era una fuente de problemas y complicaciones. Y, sin embargo, Gabe no podía dejar de sonreír.

Tal vez fuera el desafío, o el sueño, o el tiempo que prefería emplear en actuar en vez de pensar. El caso era que, mirando aquellos ardientes ojos azules, supo que iba a conocer mejor a esa mujer.

Un fuerte carraspeo los hizo volverse a ambos hacia la mujer pelirroja.

–Gabe Hamilton, te presento a mi amiga Mae –dijo Paige–. Y a su novio, Clint.

Mae se inclinó sobre la mesa para estrecharle entusiásticamente la mano.

–He oído que acabas de venir del extranjero.

La mesa vibró visiblemente y Mae puso una mueca, como si le hubieran dado un puntapié en la espinilla.

De modo que su vecina había estado hablándoles de él a sus amigos... Tal vez todo fuera más fácil de lo que Gabe había pensado.

Agarró una silla libre de la mesa contigua y la arrastró junto a Paige, quien fingía estar absorta con su plato.

–De Brasil –le dijo a Mae, apretando los pies contra el suelo mientras Paige se ponía tiesa como un palo en su silla.

–¿En serio? –preguntó Mae–. ¿Lo has oído, Paige? Gabe ha estado en Brasil.

Paige fulminó con la mirada a su amiga.

–Gracias, Mae. Lo he oído.

Mae apoyó la barbilla en la mano.

−¿Y has vuelto para quedarte definitivamente?

−No −respondió él. Naturalmente, no les dijo a aquellas simpáticas personas que, si pudiera elegir, preferiría zambullirse en un río infestado de pirañas antes que quedarse en la ciudad−. Solo he venido unos días para ocuparme de unos negocios.

−Qué lástima −dijo Mae, mientras que Paige se mantuvo en silencio y con la vista fija en otra parte−. Paige está muy interesada en Brasil.

−¿Ah, sí?

Paige lo miró fijamente a los ojos y él le sonrió. Ella respondió abriendo los ojos como platos y respirando agitadamente al mismo tiempo que él.

A Gabe se le disparó la libido como un cohete. Se agarró al respaldo de la silla de Paige y el pulgar le quedó a escasos milímetros de su espalda. Ella volvió a respirar profundamente, tragando saliva mientras se arqueaba ligeramente, y Gabe maldijo en voz baja.

−Y tanto que sí −corroboró Mae alegremente, ajena a la tensión sexual que ardía entre sus compañeros de mesa−. De hecho, se ha pasado los últimos meses intentando convencer a su jefa de que la mande allí para realizar el catálogo de verano.

−¿De verdad? −preguntó Gabe, mirando a Mae en un esfuerzo por conservar la compostura−. ¿Y qué clase de trabajo hace Paige exactamente?

−Soy la gerente de marca de un negocio de menaje para el hogar −respondió Paige−. La colección de verano está basada en motivos brasileños... ¿Y tú, qué has estado haciendo en Brasil?

La pregunta de Paige sobre su trabajo fue lo más

parecido al chorro de agua helada que Gabe necesitaba desesperadamente para enfriarse los pantalones. Había aprendido por las malas que cuanto menos supiera la gente sobre su trabajo, mejor.

–En esta ocasión, haciendo negocios con el café –explicó–. ¿Te gusta el café?

–¿Café? –ella parpadeó con asombro por el cambio de tema, y se giró en la silla hasta encararlo al tiempo que se mordía el labio inferior, dejándolo húmedo e hinchado. Una vez más, Gabe volvió a sentir la atracción que había dominado el encuentro en el ascensor–. Depende de quién lo haga.

Gabe sintió que el suelo se movía bajo sus pies, igual que en el ascensor, y se agarró al respaldo de la silla como si le fuese la vida en ello. Vértigo, pensó. Definitivamente vértigo. Hitchcock se deleitaba con los castigos más crueles para seguir con sus inquietas e impresionables rubias.

Pero ¿en qué posición quedaba él si hacía el menor atisbo para marcharse?

–¿Por qué café? –quiso saber Mae.

–¿Perdón?

–El motivo que te llevó a Brasil... ¿Lo cultivas? ¿Lo recolectas? ¿Te lo bebes? ¿Lo preparas?

Gabe lo pensó antes de responder. El trato estaba cerrado y no iba a permitir que nada ni nadie lo echara a perder.

–Invierto en una compañía llamada Bean There.

Demasiado tarde. Paige había percibido sus dudas y, por alguna razón, sus rodillas se habían apartado de las suyas bajo la mesa. Aquella mujer pasaba muy rápido de ser ardiente a mostrarse fría como el hielo.

Gabe pensó en retirarse, pero en el fondo era un tiburón y no soltaba a su presa una vez le hincaba el diente. Por eso era el mejor en lo que hacía y nunca se había enfrentado a un trato que no pudiera cerrar. Ella aún no lo sabía, pero, cuanto más intentara protegerse de él, más se exponía.

–¡Qué emocionante! –exclamó Mae–. ¡Una información privilegiada de nuestro pirata corporativo particular!

Gabe se encogió y se mordió la lengua.

–Se trata de una información muy común y al alcance de cualquiera, de modo que puedes difundir la noticia tanto como quieras. Cuánto más dinero ganen, mayores serán mis beneficios.

Era el momento de retirarse y reorganizarse. Se apartó con decisión de la mesa para ponerse en pie.

–¡Quédate! –le suplicó Mae.

–Gracias, pero no. Tengo que recuperar unas horas de sueño muy necesarias.

Miró a Paige para comprobar si había reaccionado ante su inminente marcha, pero ella seguía recatadamente sentada, con las manos juntas, como si no le importara un pimiento.

Salvo por su delatadora mirada... Primero le miró la bragueta y luego subió lentamente por su torso, se detuvo un momento en su pecho, su cuello y su boca, antes de posarse en sus ojos.

–El viernes celebro una fiesta en casa –dijo Gabe sin poder contenerse–. Sois todos bienvenidos.

–Allí estaremos –prometió Mae.

Gabe le estrechó la mano, hizo lo mismo con Clint y dejó a Paige para el final.

–Paige –murmuró, levantándole la mano. En aquel punto su sueño se había equivocado, porque su mano era tan cálida como si hubiera estado expuesta al sol. Y en cuanto a sus ojos... El contacto físico parecía haber desatado todas las emociones que ella había intentando contener. Su deseo era tan evidente que a Gabe le ardieron el pecho y la entrepierna.

Paige retiró la mano y frunció el ceño, como si no supiera muy bien lo que acababa de ocurrir. Pero él sí que lo sabía. Y quería más...

–El viernes –repitió, y esperó hasta que ella asintió con la cabeza. Solo entonces se despidió de todos y abandonó el restaurante con todo el cuerpo en tensión y la vista nublada.

Regresó a su apartamento. Al duro suelo del dormitorio. Y, en esa ocasión, permaneció un buen rato mirando el techo, incapaz de conciliar el sueño. Pensaba en cuál sería la reacción de su vecina si se presentaba en su puerta para pedirle alojamiento, portando la caja de dónuts y sin nada más que unos boxers y una sonrisa.

Lo único que le impedía descubrirlo era la necesidad de permanecer tranquilo y sin perder la cabeza. Si había interpretado bien la mirada de Paige, los boxers tal vez no fueran protección suficiente...

# Capítulo 3

**M**ÁS TARDE, cuando las puertas del ascensor se cerraron, varios minutos después de que Paige hubiera pulsado el botón del octavo piso, se apoyó en la pared y se puso lo más cómoda posible para la subida que le aguardaba.

Nada más cerrar los ojos, volvió a ver a Gabe Hamilton alejándose de ella a grandes zancadas. Una vez más, el recuerdo de su imagen le provocó un fuerte hormigueo por todo el cuerpo. Como una corriente eléctrica, solo que mucho más caliente.

No debería ser así, pero, cada vez que pensaba en la falta de escrúpulos de Gabe Hamilton para seducir a una mujer que supuestamente estaba comprometida, no sentía el menor rechazo. Al contrario. Su sonrisa y su mirada dejaban claras sus intenciones. Era consciente de su enorme atractivo y no dudaba en aprovecharlo para conseguir lo que quería. Y todo parecía indicar que la quería a ella...

Cruzó las piernas por los tobillos y se mordió el pulgar. Ella nunca había sido una chica que fuese detrás de los hombres. No era ajena a la atracción, ni mucho menos, pero había visto los estragos emocionales que un hombre dejaba a su paso. Y, aunque no creyera en finales felices, tampoco estaba dispuesta a exponerse a un final desgraciado.

Por desgracia, últimamente no había tenido finales de ningún tipo, ni buenos ni malos. La razón de su amarga soledad la acosaba desde el fondo de su mente. Se apartó de la pared, sacudió las manos y se puso a dar vueltas por el ascensor.

La triste realidad era que todos los chicos buenos que había conocido habían resultado ser unos cerdos. De modo que, ¿no sería mejor saber desde el principio a qué se exponía? De esa manera le resultaría mucho más fácil protegerse y no se llevaría una decepción. Y, por una vez, podría abandonarse sin temor alguno a la seducción y el pecado...

Cerró con fuerza los ojos y dejó de dar vueltas. A pesar de las evidencias, Gabe Hamilton no parecía un cerdo. Era un hombre arrebatadoramente sensual y atractivo, con las ideas muy claras, un poco intimidante, y según había admitido él mismo, solo estaría una breve temporada en la ciudad. Lo cual era el mayor aliciente de todos, ya que ella no buscaba una relación seria. Solo un poco de diversión, unas cuantas citas sin compromiso. Unos cuantos besos o algún que otro revolcón...

Aspiró profundamente y soltó el aire.

No tenía que tomar ninguna decisión aquella noche. Podría pensarlo durante todo el viernes, siempre que no compartieran el ascensor...

El ascensor hizo su primera parada y Paige se echó el pelo sobre el hombro mientras reprimía un bostezo y comprobaba el panel indicador para saber en qué planta había acabado. Descubrió que el ascensor la había llevado hasta el último piso. El ático.

Agarró con fuerza el bolso para contener la excitación que le provocaba saber lo cerca que se encontraba de Gabe Hamilton. Y deseó con toda su voluntad que el ascensor volviera a descender.

Pero el ascensor, fiel como siempre a sí mismo, abrió las puertas y las mantuvo abiertas. Y Paige se encontró frente al espacioso rellano y las relucientes puertas dobles de color negro que conducían al único apartamento de la planta. Una de ellas se movió al girarse el pomo y Paige se encogió al fondo del ascensor, pero no había donde esconderse. Todo el aire abandonó sus pulmones cuando la puerta se abrió y Gabe apareció en el umbral.

Al verla se detuvo y apretó la mandíbula. Paige debía de tener los sentidos afinados al máximo para apreciar aquel pequeño movimiento muscular, teniendo en cuenta lo que Gabe llevaba puesto... O mejor dicho, lo que no llevaba puesto.

Iba vestido con un pantalón de pijama, de color gris y con botones, y nada más. Y, para Paige, el impacto visual fue como si se hubiera producido una colisión múltiple en el interior de su cabeza. Se llenó la mirada con aquel espécimen masculino, único y semidesnudo. Sus pies, grandes y descalzos. Su pelo, deliciosamente alborotado. Sus brazos, tan fuertes que podrían levantar un coche. Su pecho, esculpido en fibra y músculo y con una franja de fino vello oscuro descendiendo hacia la cintura del pantalón...

–¿Paige? –la llamó.

–Hola.

–He oído el ascensor.

–Y aquí está –adoptó la actitud más serena que pudo y señaló las puertas abiertas como la presentadora de un programa, intentando ignorar como le subía el calor por las mejillas.

Un atisbo de sonrisa asomó en los oscuros ojos de Gabe y en sus carnosos labios.

–¿Me buscabas para algo?

–¿Que si te buscaba para...? No, no, claro que no –soltó una carcajada histérica–. Iba a casa, pero el ascensor ha vuelto a hacer de las suyas y...

–Y te ha traído aquí –se cruzó de brazos sobre el pecho, provocando que se le abultara su poderosa musculatura.

Paige levantó la vista al techo e intentó contener la saliva que inundaba su boca.

–Es tarde y tendrás cosas que hacer... Deshacer el equipaje, recuperar las horas de sueño...

Él negó lentamente con la cabeza.

–Solo he traído una bolsa y, por alguna razón, no estoy cansado en estos momentos.

–Es posible que me quede aquí un rato.

Él se apoyó en el marco de la puerta.

–O podrías pasar.

El corazón le palpitó con tanta fuerza que no estuvo segura de haberlo oído bien.

–¿Que pase, has dicho?

–Puedo contarte todo lo que sé de Brasil.

Paige parpadeó, incapaz de encontrar palabras para...

–Y tengo dónuts.

Aquello la hizo reír.

–Qué original... Es la primera vez que me ofrecen dónuts por la noche. Algún que otro café sí, claro, o una última copa antes de irse a la cama, pero...

–Paige.

Ella tragó saliva y le miró el pecho.

–Voy demasiado elegante para tomar dónuts.

–Solo hay un modo de arreglarlo.

Paige se percató entonces de que Gabe se había apartado ligeramente de la puerta para invitarla a entrar.

Su cuerpo se dispuso a salir del ascensor, atravesar el umbral y arrojarse en los brazos de aquel macho semidesnudo, pero se refrenó en el último segundo. No podía. No, no podía. Se habían conocido aquella mañana y ella no sabía nada de él aparte de su nombre, su dirección y su profesión...

El ascensor emitió un pitido y las puertas comenzaron a cerrarse. Rápidamente, Paige se deslizó por la abertura y se quedó de pie y temblorosa en el oscuro y silencio rellano, sin oír otra cosa que su agitada respiración y el zumbido del ascensor descendiendo sin ella.

Se tomaría un dónut. Conocería un poco mejor a su vecino. Tal vez, incluso se dieran un beso de buenas noches... Podría lidiar con un hombre como Gabe por una noche si eso era lo que hacía falta para volver a tener citas.

Obligó a sus temblorosas piernas a moverse y contuvo la respiración mientras pasaba junto a Gabe, pero era imposible ignorar la embriagadora fragancia varonil que emanaba de su piel desnuda.

El apartamento estaba aún más oscuro y silencioso que el rellano. Él fue a la cocina y ella se alejó en sentido opuesto, hacia los grandes ventanales que llenaban una pared y por donde entraban los pocos rayos de luna que dejaban pasar las nubes. Gabe no le había mentido al decirle que no tenía equipaje que deshacer. De hecho, no tenía equipaje ni nada.

Ni lámparas, tan solo la luz que irradiaba de un portátil en la encimera de la cocina. Ni cuadros en las paredes. Ni siquiera una televisión. Solo un sofá alargado en forma de L donde podrían sentarse hasta veinte personas. Estaba de frente a las ventanas, como si el interior del apartamento fuera del todo insignificante.

Y tal vez para él lo fuese. Paige sabía por experiencia que un hombre que se negaba a estampar su sello personal en una vivienda no se sentía conectado a la misma. Si el hogar se encontraba donde estaba el corazón, el corazón de Gabe Hamilton estaba muy lejos de allí. Posiblemente ni siquiera estaba en la ciudad.

–¿Tienes algo en contra de los muebles o la decoración? –le preguntó mientras él abría una caja blanca que, efectivamente, contenía dónuts.

Él miró a su alrededor como si no se hubiera dado cuenta de lo vacío y desangelado que estaba el apartamento.

–No dedico los fines de semana a comprar antigüedades, si es eso a lo que te refieres.

–No hace falta ir tan lejos, pero te vendría bien tener una mesa, algunas sillas y un par de cojines.

–Me apostaría el brazo izquierdo a que ningún hombre se lamenta por carecer de unos cojines.

–Pero son como la guarnición de un plato. No son imprescindibles para hacer la comida, pero ayudan a que resulte más apetitosa.

Él no dijo nada y se limitó a mirarla en la penumbra.

–¿Soy yo o hace mucho calor aquí? –preguntó ella. Se quitó la chaqueta blazer y la bufanda y los dejó sobre el respaldo del sofá.

–Tengo puesta la calefacción al máximo. Aún me estoy aclimatando a este tiempo.

La mirada de Paige se posó en el montón de dónuts que él estaba apilando en un plato. El olor del azúcar la incitaba a acercarse.

–Baja la calefacción y ponte un jersey –le sugirió–. Será mucho más cómodo.

–¿Para quién?

Para ella, obviamente. No llevaba ni dos minutos allí y ya estaba sudando.

Él se fijó en su camiseta de seda color crema, sin mangas, y bajó la mirada por sus brazos desnudos. Paige reprimió el impulso de cubrirse el pecho cuando se le endurecieron los pezones.

–No –dijo él, volviendo a mirarla a los ojos–. Me gusta el calor.

Se olvidó de los dónuts y rodeó la mesa sin apartar los ojos de ella. Paige retrocedió y chocó con el sofá.

–¿Prefieres que la baje? –le preguntó él con voz grave y profunda.

No, pensó ella. Pero al ver cómo curvaba los labios supo que lo había dicho en voz alta.

Tendría que acabar con la costumbre de hablar sola en casa...

Él se acercó aún más, respirando profundamente. Y Paige supo entonces que no habría dónuts aquella noche.

Con una última zancada, Gabe cubrió la distancia que los separaba, la agarró del pelo y pegó su boca a la suya. Y toda la tensión acumulada estalló en el vientre de Paige, propagando por todo su cuerpo una ola de calor que nada tenía que ver con la calefacción.

También ella le agarró el pelo. Le rodeó la pierna con la suya y se arqueó para fundirse con él. Sintió cómo sonreía mientras la besaba, una sonrisa de triunfo y conquista y, sin pensarlo, le mordió el labio inferior.

Él se quedó inmóvil, expectante, calculando su próximo movimiento. Su calor corporal le abrasaba la piel a Paige, y las pulsaciones de sus venas latían al mismo ritmo que su desbocado corazón. La espera se hizo insoportable y se frotó contra él, muy suavemente, pegándose a su erección. Deslizó las manos por su nuca y le lamió el labio, saboreando el punto que acababa de morder.

Aquello era lo que tanto necesitaba. Desahogo y placer. Sin promesas ni compromisos.

Gabe siguió besándola apasionadamente, colmándola de sensaciones, a cada cual más intensa y ardiente, hasta hacerle olvidar el sabor de su propia boca.

Le encontró el punto erógeno debajo de la oreja derecha y lo succionó con avidez, para luego recorrerle la base del cuello con la lengua y seguir hasta el borde del sujetador. Todo el cuerpo le vibraba y era incapaz de pensar en nada.

Gimió con frustración cuando él interrumpió el beso, pero, acto seguido, le deslizó un brazo bajo las piernas y la levantó como si no pesara nada. Ella le rodeó los hombros con los brazos y se agarró fuertemente mientras soltaba una risita.

Pero, cuando sus ojos se encontraron, la risa murió en su garganta y una corriente de placer la recorrió de arriba abajo.

Él abrió con el pie lo que debía de ser la puerta del dormitorio. Y entonces se detuvo en seco, tan bruscamente que ella tuvo que agarrarse para no salir despedida.

–Maldita sea –masculló, seguido por una retahíla de improperios.

–¿Qué ocurre?

Él la dejó de pie en el suelo, la agarró por los hombros y la hizo girarse hacia la habitación.

Era inmensa, la mitad de su apartamento. Tenía bonitas molduras y cornisas, y otros elementos decorativos en el centro del techo. A Paige le costó unos segundos imaginarse una lámpara en la mesita y una butaca en el rincón. Una mesa para el portátil bajo la ventana. Cortinas oscuras cayendo hasta el suelo... No había nada de eso.

Ni siquiera había una cama.

Un gemido de desesperación escapó de sus labios al ver las mantas amontonadas en el suelo.

Maldijo entre dientes, pero la risa que oyó a sus espaldas le confirmó que una vez más había vuelto a hablar en voz alta.

Él le rodeó la cintura con la mano, se la deslizó bajo la camiseta y ella se derritió contra la dureza que le apretaba el trasero. Gabe le apartó el pelo y le mordisqueó suavemente el hombro, y, si ella no hubiera tenido los muslos fuertemente apretados, habría tenido un orgasmo allí mismo.

Se giró en sus brazos y le puso las manos en el pecho. Su cuerpo le llenaba el campo visual y bloqueaba toda luz que pudiera colarse entre ellos. Tenía el rostro en sombras, la piel le ardía y exhalaba un intenso olor a testosterona pura. Paige se echó por instinto hacia atrás y chocó contra el marco de la puerta.

–Gabe...

La mano de Gabe se posó en el marco, por encima de su cabeza. Paige expulsó el aire en una lenta y temblorosa exhalación hasta quedarse sin fuerzas. Ni siquiera podía sentir los pies. Solo sentía los latidos de Gabe en las palmas de las manos, y como reverberaban hasta sus rodillas.

Un nudo en el pecho le impedía respirar. No sabía cuánto tiempo podría resistir, pero, si se retiraba en esos momentos, más le valdría comprarse un gato y olvidarse de los hombres para siempre.

Sus manos parecieron reaccionar ante la desagradable perspectiva y se movieron por los abdominales de Gabe, sus musculosas caderas y sus duras nalgas. Él emitió un gemido gutural y volvió a besarla en la boca, esa vez sin la menor delicadeza. Sus labios y su lengua arrasaron cualquier resto de resistencia que ella aún pudiera ofrecer. Le quitó un tirante de la camiseta y se la bajó para exponer el sujetador. Le agarró un pecho a través de la tela y le acarició el pezón con el pulgar, provocándole un estremecimiento por todo el cuerpo. A continuación, bajó la mano hasta la cadera, le acarició el ombligo y, antes de que ella se diera cuenta, le estaba desabrochando los vaqueros y bajando la cremallera. Ella se agarró a sus caderas mientras él introducía la mano en sus braguitas y deslizaba un dedo a lo largo de la costura.

Un placer salvaje bloqueó cualquier otra sensación.

Gabe volvió a besarla y le introdujo un dedo y luego otro. Paige dejó de tener control sobre su cuerpo. Todos sus músculos se le tensaron, la sangre se le agolpó en los oídos y ahogó un grito contra el hombro de Gabe cuando el orgasmo la sacudió de la cabeza a los pies.

Estaba empapada en sudor y los labios le sabían a sal. Abrió los ojos a medias, justo cuando su camiseta volvía a su sitio y una uña le colocaba el tirante sobre el hombro.

No, no, no. ¿Qué significaba eso? ¡Aún no habían acabado! Ni muchísimo menos...

Enganchó los pulgares en la cintura del pantalón de Gabe, pero él la detuvo y la miró con una expresión angustiosa.

–¿Tienes protección? –le preguntó, y ella sintió que el suelo se abría bajo sus pies.

Habían pasado meses desde la última vez que necesitó usar un preservativo o desde que lo incluyera en la lista de la compra. Tomaba la píldora, naturalmente, pero a aquel hombre lo acababa de conocer.

Su rostro debió de reflejar su decepción, porque Gabe apoyó la frente en la madera y respiró profundamente sobre su hombro, poniéndole la carne de gallina.

–La farmacia más cercana está a tres manzanas –dijo ella.

–Si salgo en este estado, me detendrán.

–También está la chica del sexto...

Gabe se apartó de la pared y la miró intensamente.

–¿Qué pasa con ella?

–Parece ser el tipo de chica que siempre tiene estas cosas en casa.

Gabe se echó a reír.

–¿Qué clase de impresión les daría a los vecinos si llamo a su puerta a la una de la mañana con una erección para pedirles unos cuantos preservativos?

Preservativos... En plural. Santo Dios.

–Tienes razón –admitió ella, lamiéndose los labios resecos–. Aunque solo vayas a estar una breve temporada en la ciudad.

Él lo pensó un momento, pero la agarró de un dedo y la sacó del dormitorio.

–¿Gabe?

Él la hizo callar con una mirada mientras recogía su chaqueta y su bufanda del sofá, la llevó al ascensor y allí la ayudó a recuperar un aspecto mínimamente decente.

–Por si acaso el ascensor se vuelve a detener en una planta equivocada –le dijo. El brillo de sus ojos le demostraba que no se había creído su excusa ni por un segundo–. No me gustaría que otro vecino se llevara una impresión errónea.

–Pero...

Las puertas se abrieron, él apretó la mandíbula y Paige creyó que iba a volver a besarla. Separó los labios y esperó con la respiración contenida, pero él la hizo girarse y le dio un pequeño empujón.

–Largo de aquí... antes de que empiece algo que ninguno de los dos pueda parar.

Comparado con su apartamento, el ascensor estaba congelado. Paige se cruzó de brazos para conservar el calor, el hormigueo que le recorría la piel y la maravillosa sensación que palpitaba entre sus piernas.

¿Qué podía decir? ¿«Lo siento»? ¿«Gracias»? ¿«Hasta la vista»? Al final ninguno dijo nada y se limitaron a mirarse mientras se cerraban las puertas.

Paige se derrumbó contra la pared. Sus piernas no podían seguir sosteniéndola. Se pasó una mano por los ojos y sacudió la cabeza. ¿Qué había ocurrido? Había puesto fin a su sequía, eso había ocurrido. ¡Y de qué manera! Mientras el ascensor la bajaba al vestíbulo y se detenía media docena de veces en una planta equivocada, estuvo reviviendo cada segundo de la increíble experiencia.

Cuando el ascensor la dejó finalmente en su piso, soltó un largo suspiro de alivio. Con un poco de suerte, su vida ya podría volver a la normalidad.

# Capítulo 4

POR MÁS que lo intentaba, Paige no conseguía llegar al teléfono. Se despertó con un sobresalto, el corazón latiéndole frenéticamente y las piernas enredadas en las sábanas. Un rápido vistazo al reloj de la mesilla le dijo que eran más de las diez, pero enseguida recordó que era domingo y volvió a relajarse. El persistente zumbido del teléfono, no obstante, le confirmó que no lo había soñado.

Consiguió agarrarlo y volvió a tumbarse de espaldas, con la mano sobre los ojos para protegerse de la luz que entraba por la ventana.

—Hola —respondió con un suspiro, pensando que se trataba de su madre.

—¿Has dormido bien?

Se quedó unos segundos boquiabierta y tuvo que tragar saliva un par de veces antes de hablar.

—¿Gabe?

—Quería asegurarme de que llegaste a casa anoche.

La cabeza le daba vueltas. ¿Cómo había conseguido su número? Ella no se lo había dado. ¿Lo habría buscado en la guía? Desde luego que sí... ¿Cómo se había atrevido?

«Oh, cálmate. No significaba nada. Solo está siendo amable y caballeroso».

Al menos eso intentó creerse, porque lo que le había hecho la noche anterior contra el marco de la puerta no era muy propio de un caballero...

–¿Paige?

–No es para tanto... Solo vivo cuatro pisos más abajo.

–Lo sé –el calor que desprendía su voz hizo que Paige se deslizara aún más bajo las sábanas–. Pero, según tú, el ascensor es impredecible...

–¿Todavía piensas que me lo inventé?

–No me malinterpretes. No me estoy quejando. De hecho, ese ascensor se está convirtiendo en mi debilidad.

Paige se lo imaginó sonriendo al otro lado de la línea. Sintió su cálido aliento en el cuello y sus ardientes manos en la piel. ¿Cómo podía haberse convencido de que una sola noche con Gabe Hamilton sería suficiente? Tal vez habría bastado si alguno de ellos hubiese tenido protección.

Sí, y tal vez ella se convirtiera en mona con la próxima luna llena.

El caso era que él se había quedado esperando y ella deseaba mucho más. No solo volver a salir y divertirse. Lo deseaba a él. Deseaba saciarse de Gabe Hamilton. Era el resultado de haberse tirado de cabeza en vez de probar antes el agua con el pie. Pero ya era demasiado tarde para pensar en lo que debería haber hecho. Estaba metida hasta el cuello, así que... ¿por qué no aprovecharse?

–¿Dónde estás? –le preguntó a Gabe, acariciando la posibilidad de que se encontrara al otro lado de la puerta.

–¿Por qué?

–Por nada en especial.

–Mentirosa –aquel hombre no solo tenía una voz capaz de hacer estremecerse a una monja, sino que sabía muy bien cómo emplearla–. Estoy en la oficina de aduanas, buscando mi cama.

–¿No has podido dormir?

–No mucho. ¿Y tú?

–Yo he dormido muy bien.

La risa de Gabe reverberó por el teléfono y por todo su cuerpo, y Paige se mordió el labio para no decir nada que la pusiera en evidencia.

–Me alegra saberlo. Ahora tengo que ver a un hombre para preguntarle por mi cama. Hasta la vista, planta octava.

Paige se apretó inconscientemente el teléfono en la oreja antes de dejar caer el brazo. Se quedó mirando el techo, donde se proyectaban los reflejos del prisma de cristal que colgaba del espejo del tocador.

Gabe se había preocupado de saber si había llegado sana y salva a casa. Era un detalle encantador, propio de un caballero. Pero no había hecho nada más. No había intentado volver a verla.

Se dio la vuelta y apretó la cara en la almohada. ¿Por qué no podía estar Gabe en su puerta, con un preservativo en el bolsillo de sus desgastados vaqueros? Así podría hacer lo que quisiera con ella y estarían en igualdad de condiciones.

Era domingo. No tenía que ir a ningún sitio, de modo que cerró los ojos y se imaginó abriendo la puerta de su apartamento y encontrándose a Gabe en el rellano. Se lo imaginó con pantalones negros de cuero, una camisa blanca desabrochada hasta el ombligo y un parche en el ojo. Tan grande y robusto que llenaría su pequeña cocina...

Abrió los ojos y se incorporó con un respingo al recordar la bolsa con el vestido de novia que aún colgaba de la silla del comedor.

Se frotó los ojos con las palmas y respiró hondo, antes de mirarse en el espejo del tocador. Se le había corrido el rímel y tenía el pelo hecho un desastre. Y la boca le sabía a pan rancio.

Con aquel aspecto y un vestido de novia en su cocina, y aun así no habría dudado un segundo en invitar a Gabe a entrar. No, no lo habría invitado. Lo habría arrastrado a la fuerza...

¿Se había vuelto loca o qué?

Hasta la fiesta del viernes usaría las escaleras...

Gabe subía en el ascensor al piso quince, donde estaban las oficinas de Bona Venture Capital. Y no podía evitar compararlo con el ascensor de los Apartamentos Botany. Por muy espacioso, luminoso, lujoso y rápido que fuera, no le brindaba la tentación en forma de rubia con larguísimas piernas.

A Gabe le gustaban las mujeres. Incluso adoraba a algunas de ellas. Lo había criado una mujer fuerte, su abuela, después de que sus padres murieran una semana antes de su décimo cumpleaños. Pero su trabajo lo llevaba siempre de un lado para otro, por lo que se limitaba a relaciones esporádicas y aventuras pasajeras. La única vez que intentó tener una relación seria acabó tan escarmentado que se prometió no volver a pasar por lo mismo.

Cambió de postura, pero la sensación de incomodidad persistió. Prefería no pensar en aquella amarga experiencia. Era un agujero en su pasado que podría succionarlo hasta el fondo si se acercaba más de la cuenta. Estar de nuevo en Melbourne, en las oficinas de Bona Venture, hacía que fuese imposible no recordarlo, pero estaba decidido a intentarlo.

Y si además encontraba un poco de ayuda adicional en los cálidos y expectantes brazos de Paige Danforth, mejor que mejor.

Se estaba frotando las marcas que ella le había dejado con los dientes en el hombro cuando el ascensor se detuvo. Contuvo la respiración y soltó el aire cuando las puertas se abrieron y se encontró en un lujoso vestíbulo con el suelo de madera oscura, paredes rojas y el sol entrando a raudales a pesar de que no se veía una sola ventana.

Volvió a mirar el número de la planta para asegurarse de que no se hubieran vuelto locos todos los ascensores de la ciudad. Al levantar la mirada, vio un letrero el doble de grande que él en el que estaba escrito Bona Venture Capital con elegantes letras blancas.

Aquella era su empresa, pero no se parecía en nada a lo que recordaba. ¿Cuánto tiempo había pasado desde la última vez que estuvo en Melbourne? ¿Dos años? ¿Tres? Recordaba a Nate intentando decidir qué color usar para las paredes. Gabe había consentido que Nate se gastara lo que hiciera falta en las reformas para no tener que oír más diferencias entre el amarillo limón y el alabastro.

—Vaya —murmuró con asombro.

Se ajustó la bolsa del portátil al hombro y cruzó lentamente el vestíbulo, sorteando a los hombres y mujeres trajeados que salían y entraban en los pasillos laterales. Era increíble que ya hubieran pasado casi diez años desde que montaran aquella empresa con el fondo fiduciario de Nate, los ahorros que Gabe había acumulado trabajando desde los doce años y el plan de negocio que habían trazado en unas servilletas de su pub favorito mientras sus compañeros de universidad se dedicaban a beber cervezas y chupitos en la misma mesa.

Lo recordaba todo como si hubiera sido el día anterior. A la mañana siguiente, se había pateado las calles para poner el negocio en marcha mientras la ciudad gris se bañaba con el mágico resplandor dorado del amanecer. Gabe sentía que su vida empezaba a cambiar finalmente. Como si tuviera el mundo a sus pies. Como si tuviera la fortuna al alcance de su mano...

Tres años después, a punto estuvo de perderlo todo. Y se había pasado los últimos siete años de su vida intentando compensar sus errores.

Pisó con fuerza el carísimo suelo de madera y, por primera vez desde aquel tiempo, se permitió pensar que todo había quedado atrás.

–¡Hola, viejo! –lo saludó Nate, apareciendo de repente a su lado. Debió de notar su perplejidad, porque se puso a reír tan fuerte que atrajo más de una mirada–. ¿Qué te parece? Bonito, ¿verdad?

–¿Alabastro? –preguntó Gabe, señalando el nombre de la empresa con el dedo pulgar.

–Blanco de toda la vida –repuso Nate.

–Quién lo hubiera dicho...

—¿Quieres ver tu despacho?

—Sí, sí —respondió, aunque se preguntó brevemente si merecería algo más que un hueco en la pared, teniendo en cuenta lo poco que pisaba aquella
oficina.

Pero se dejó contagiar por el entusiasmo de Nate y
lo siguió con impaciencia hacia unas puertas. Nate
las abrió con una floritura y reveló un despacho tan
grande que bien podría albergar un torneo de billar.
Un enorme escritorio de cristal. Metros y metros de
moqueta oscura, tan gruesa que se podría nadar en
ella... Y nada más.

Gabe intentó ocultar su decepción por la falta de...
algo. Era igual a su apartamento. Básico. Insípido.
Sin... guarnición.

Nate le dio una palmada en la espalda.

—Te dejaré para que te pongas cómodo. Puedes
ponerte a dar vueltas como Julie Andrews en lo alto
de la colina.

Se marchó y dejó a Gabe a solas en mitad de la
habitación inmensa y vacía.

Nervioso e incómodo, Gabe se quitó el gorro y se
pasó los dedos por el pelo. Necesitaba un buen corte.
Al oír el crujido de la manga de cuero pensó que debía de ser la única persona en toda la planta que no
llevaba traje.

—Por esto no quería volver —les dijo a las paredes,
pintadas de gris claro. Al parecer, una mano de pin-
tura no bastaba para borrar la historia. Aún podía
sentir la presión del pasado desde todos los ángulos.

Los únicos momentos en los que no sentía el ago-
bio era cuando estaba con Paige. Cuando la veía po-

nerse colorada y morderse el labio. Cuando se empapaba con el sabor de su piel y se perdía en el deseo que nublaba sus grandes ojos azules...

Y así sería. Cuando no estuviera haciendo lo que tenía que hacer en Melbourne, se dedicaría a disfrutar con una rubia de piernas kilométricas dispuesta a complacerlo. Y cuando acabara el trabajo, se marcharía para siempre.

Su alivio se esfumó al ver a Nate con los brazos cargados de carpetas, las cuales depositó en la mesa de cristal con un ruido sordo.

–Huelga decir que todo esto es absolutamente confidencial...

Gabe lo miró en silencio. Era irónico que se lo dijera precisamente Nate.

–Bueno –continuó Nate, quien tuvo la decencia de parecer avergonzado–. Necesito que te leas todo esto y que me des tu opinión. ¿Vamos a sacar Bona Venture a bolsa, o qué?

Paige caminaba por el paseo marítimo. Sus tacones resonaban rítmicamente en los adoquines, la falda se le pegaba a los muslos y la bufanda de lana ondeaba a su paso. Le encantaba el invierno. Habían pasado casi dos días desde su renacimiento sexual y aún sentía las capas de ropa como una suave caricia en la piel.

El estómago le rugió ante el olor a comida que salía por las puertas abiertas de los restaurantes, y decidió pedir en el Brasserie un bistec con patatas para llevar.

Había sido un buen día. La chica que servía el té por la mañana le había llevado sus magdalenas favoritas de arándanos y chocolate blanco. El primer producto de la colección de verano de Ménage à Moi había llegado al almacén y era una maravilla.

Hacía mucho que no disfrutaba tanto con su trabajo. La frustración de los últimos meses también alcanzaba el plano laboral, y de ahí la motivación por poner en marcha el proyecto de Brasil. Una creciente insatisfacción parecía extenderse por todos los aspectos de su vida, lo cual no tenía sentido. Su vida era exactamente como siempre había querido que fuera. Tenía un buen apartamento, un buen trabajo, una buena vida social... ¿Qué más podía pedir?

Sacudió la cabeza. Lo que importaba era que las cosas estaban mejorando, a juzgar por la cantidad de hombres que le habían sonreído aquel día. Había sentido tantas miradas que era como caminar por una pasarela de moda. Se sentía deseada y seducida. Había respondido a las sonrisas y había seguido caminando, contenta de que todo volviese a la normalidad.

Sonó su móvil y por un instante se imaginó que había recibido un mensaje subido de tono de Gabe. La llamada del día anterior la había alterado tanto sexualmente que había limpiado toda la cocina, horno incluido.

Pero no podía ser un mensaje de Gabe, ya que él no tenía su número de móvil y solo el número fijo aparecía en la guía. Ni siquiera sabía cuál era su apartamento, tan solo el piso. Suficiente para ir a buscarla si quisiera hacerlo, lo cual no había hecho en casi cuarenta y ocho horas.

¿Por qué no? A menos que la llamada del día anterior hubiera sido realmente para asegurarse de que había llegado a casa sana y salva...

Meneó la cabeza. No estaban saliendo juntos. Ni siquiera eran amantes, en el pleno sentido de la palabra. Al menos, aún no. Ella se había limitado a aceptar la situación tal y como se le presentaba, y seguiría haciéndolo hasta que la pasión se apagara o él se marchara.

Sin embargo, cuando miró el móvil lo hizo con el corazón en un puño. Y cuando vio que era un mensaje de su madre sintió una profunda desilusión.

*Te echo de menos, cariño,* decía el mensaje. Paige puso una mueca. Conocía bien aquel tono. Era el que empleaba su madre cuando se compadecía de sí misma y se preguntaba, aun después de tantos años, si había hecho lo correcto al divorciarse del padre de Paige.

*Yo también,* le escribió. *¿Quieres que vaya a cenar contigo?*

*Estás ocupada. Seguramente tienes otros planes.*

Paige se mordió el labio y pensó en la carne con patatas que había pensado tomarse ella sola. Pero el día había sido realmente bueno. Y, si quería que lo siguiera siendo, más le valdría no apartarse del camino trazado.

*Lo dejamos para el fin de semana. Estoy de compras.*

*Muy bien. Te quiero, pequeña.*

Paige se guardó el móvil en el bolso y suspiró. Quería a su madre. Siempre habían estado muy unidas. No les quedaba otro remedio. Cuando su padre estaba en casa, parecía impaciente por volver a marcharse. Y, cuando estaba jugando al críquet en el extranjero, se pasaba fuera varios meses. Al final, resultó que casi todo ese tiempo lo pasaba con otras mujeres mientras su madre optaba por mirar hacia otro lado.

Paige nunca había consentido que nadie se aprovechara de ella de aquel modo. Nunca había dejado que nadie significara más para ella que sus sueños y objetivos en la vida. Nunca había hecho ninguna estupidez por amor. Ni por todas las magdalenas de arándanos y chocolate blanco del planeta.

No tenía sentido volver a deprimirse. Su vida era perfecta porque al fin tenía todo el control en sus manos.

Y sabía cómo demostrarlo.

Gabe estiró las piernas en su incómodo sofá de cuero, todavía con la chaqueta y las botas puestas, y cerró los ojos a la luz de la luna que se derramaba sobre él.

Había leído tantos informes, estimaciones y cifras sobre la posible salida a bolsa de la empresa que no le quedaba la menor duda sobre la óptima situación financiera del negocio. Ni en sus previsiones más optimistas Nate y él habían imaginado un panorama tan favorable. Debería sentirse aliviado, satisfecho y orgulloso, pero, en vez de eso, se sentía tan inquieto que apenas podía permanecer sentado.

Agarró las llaves con intención de salir. Necesitaba escapar de aquella habitación fría y vacía donde sus pensamientos parecían resonar en las paredes desnudas. Y el mejor destino posible sería la única mujer que conseguía hacerle olvidar sus desvelos y preocupaciones.

Se detuvo en la puerta al darse cuenta de que no sabía el número de su apartamento. Pero, qué demonios, llamaría a todas las puertas hasta dar con la correcta.

Salió al rellano justo cuando el ascensor abría sus puertas. Y allí estaba ella, como si sus pensamientos la hubieran conjurado, con las mejillas rosadas y su rubia melena recogida.

Gabe abrió la boca para hacer una broma sobre el ascensor, pero se le formó un nudo en la garganta al ver como respiraba agitadamente y como se pasaba la lengua por el labio inferior.

Y si aún pensaba que el ascensor la hubiera llevado allí por accidente, todas las dudas se desvanecieron cuando Paige levantó la mano derecha y le mostró un puñado de preservativos.

Un rugido se elevó desde el pecho, acompañando el deseo de cargársela al hombro y llevársela a su caverna. Pero ella parecía tener otras ideas... Salió del ascensor, sujetó los preservativos entre los dientes y se quitó una horquilla del pelo para que le cayese sobre los hombros. A continuación, se quitó las botas de tacón, lo que redujo su estatura en varios centímetros. Lo siguiente fue la bufanda, desenrollándola lentamente alrededor del cuello hasta caer a sus pies. Luego, mientras lo miraba bajo sus largas pestañas y su respiración se aceleraba, se desabrochó el botón superior de la rebeca. Gabe tuvo que hacer un esfuerzo sobrehumano para permanecer quieto, sabiendo que nunca se perdonaría si interrumpía aquella actuación.

Los envoltorios plateados seguían colgando de sus dientes mientras se desabrochaba los botones lentamente, uno a uno, hasta revelar su piel clara y un sujetador de encaje rosa que no conseguía ocultar la sombra de las aureolas...

Avanzó hacia él y dejó que la rebeca se le deslizara por los hombros y brazos. Se le enganchó en un dedo y la arrojó por encima de su cabeza. El aroma de su piel ardiente y desnuda fue la perdición de Gabe. Incapaz de seguir conteniéndose, la levantó en brazos, se la echó al hombro como si fuera un bombero y las risas de Paige llenaron su cavernoso apartamento.

Tuvo que emplear toda su fuerza de voluntad para depositarla suavemente en el suelo. Ella se sacó los preservativos de la boca y se los metió en el bolsillo trasero de los vaqueros. Sus manos permanecieron un momento en las nalgas, antes de subir por el torso para abrirle la chaqueta. Se la quitó de los brazos y la tiró al suelo, antes de ponerse de puntillas y deslizar las manos bajo la camiseta con una determinación enloquecedora.

Y, entonces, lo besó en la boca con una pasión voraz, y él la rodeó con los brazos para volver a levantarla y apretarla contra su cuerpo. Solo podía pensar en la imperiosa necesidad por tenerla en posición horizontal, y aunque era cierto que no tenía cama, su imaginación no era tan pobre como el mobiliario de su apartamento.

La llevó hasta el charco de luz junto a la cocina. Necesitaba verla bien y sentir sus reacciones. Le agarró la falda y entró en contacto con la peor pesadilla de un hombre excitado. Unos leotardos. Eran rosados, del mismo color que la piel de Paige cuando se ruborizaba. Maldición... ¿Intentaba matarlo o qué?

Seguramente, a juzgar por la forma con que se frotaba contra él mientras se tiraba hacia abajo de la falda.

Por suerte, también los leotardos iniciaron el descenso por sus piernas. Se arrodilló ante ella para adorar aquellos muslos pálidos y el diminuto triángulo del tanga. Le acarició las esbeltas pantorrillas y los delicados tobillos, y se deleitó con el punto sensible tras la rodilla al verla temblar.

Ella se aferró a sus cabellos y él la besó en la unión de los muslos, marcándola como suya, antes de empezar a subir con los labios por su hermoso cuerpo. La curva del vientre, la suave depresión del ombligo, la protuberancia de la cadera, la sombra de los pechos y de nuevo su boca, ávida y expectante. Las puertas de su paraíso particular.

La levantó y la tumbó en la barra de la cocina, haciéndola gritar y retorcerse cuando su cálido trasero entró en contacto con el frío granito. Él la besó y transformó el grito en un gemido mientras ella lo rodeaba con sus largas piernas para acercarlo con apremiante anhelo.

En pocos segundos se había puesto el preservativo y, sin quitarle las braguitas, se las apartó para empujar con el extremo de su erección. El gemido que le arrancó al penetrarla casi supuso su perdición inmediata. Si había pensado que su boca era la puerta del cielo, en el interior de su cuerpo descubrió el verdadero cielo. El calor y sus músculos lo envolvían mientras juntos se movían perfectamente acompasados.

Abrió los ojos y se encontró con las llamas que despedían sus ojos azules, hipnóticos, irresistibles. Necesitó de toda su fortaleza para contenerse. Dejó de respirar cuando ella abrió la boca y, con ojos líquidos y desenfocados, le clavó los dedos en su espalda al tiempo que el orgasmo la sacudía por entero. Se agitó y retorció y se deshizo en gemidos sobre la superficie de granito. Y, tras un breve instante de máxima tensión, el mundo se desmoronó alrededor de Gabe en una incontenible oleada de calor líquido.

Segundos después, fue consciente de los temblores de Paige y del frío que convertía su sudor en hielo. La levantó de la encimera y la rodeó con los brazos para calentarse ambos con el calor combinado de sus cuerpos.

Abrió la boca para decir algo, cualquier cosa, pero ella lo acallo con un beso suave y sensual. Luego, le acarició la mejilla y se apartó para ponerse la falda. Fue al rellano a por el resto de su ropa, se vistió y le echó una última mirada antes de meterse en el ascensor, dejándolo con los pantalones por los tobillos.

–Santo Dios –murmuró él, pasándose las manos por la cara. Había sido increíble. Salvaje. Y no habían intercambiado una sola palabra en todo el rato.

Al día siguiente, por la tarde, Paige seguía aturdida mientras esperaba el ascensor en el vestíbulo. ¿Qué la había llevado a dirigirse al apartamento de Gabe, desnudarse para él en el rellano, acostarse con él en la encimera de su cocina y luego marcharse tan silenciosamente como había llegado?

Nunca había hecho algo parecido, y la verdad era que... estaba encantada. Después de tantos años de prudencia y cautela, descontrolarse un poco suponía una grata revelación. Y también un alivio. El mundo parecía más brillante, más luminoso y colorido. Y ella se sentía mejor que nunca. Incluso había tenido un día fantástico en el trabajo.

Tal vez debería permitirse una aventura sexual de vez en cuando. Buscarse a algún desconocido, por ejemplo, en un aeropuerto, y soltarse la melena sin preocuparse por las consecuencias.

Se estaba riendo cuando las puertas del ascensor se abrieron, y toda su confianza recién adquirida se le cayó a los pies cuando vio a Gabe en el interior, apoyado en el rincón. Sus ojos se encontraron, ardieron, y Paige sintió que se ponía roja como un tomate.

Pensó entonces que le debía un orgasmo, y entró en el ascensor con la intención de recordárselo...

—Buenas tardes, señorita Danforth —la saludó una voz de mujer.

Paige dio un respingo y giró la cabeza para descubrir a la señora Addable, del noveno piso, acariciando en el rincón a Randy, su gato azul ruso, cuyo pelaje era del mismo color gris que el de su dueña.

—Hola, señora Addable —murmuró mientras se colocaba detrás de ella y junto a Gabe, quien miraba al frente a pesar de que su calor corporal se le antojaba a Paige una invitación irresistible—. ¿Cómo está Randy?

—He decidido que es demasiado bueno para llevarlo en la jaula. Tengo que llevarlo al jardín que hay junto al aparcamiento cuatro veces al día —los ojos de la señora Addable se posaron en Gabe y su expresión se suavizó–. Tú eres Gabe Hamilton...

–El mismo –afirmó él.

Paige tuvo que tragar saliva para no echarse a temblar por el delicioso sonido de aquella voz reverberando en sus huesos.

–Gloria Addable, del 9B. El otro día oí a Sam hablando con el señor Klempt sobre tu llegada.

–Es un placer conocerte, Gloria.

–Lo mismo digo, Gabe.

Lo llamaba «Gabe», no «señor Hamilton». Llevaba dos años viviendo en el edificio y trataba de usted a todo el mundo salvo al gato.

–Sam dijo que tenías problemas con tu cama –continuó la señora Addable con la vista fija en el panel numérico, mientras acariciaba a Randy en el lomo.

–Así es, pero he conseguido arreglármelas bastante bien.

Paige también mantuvo la vista al frente, sin atreverse a encontrarse con sus ojos. Pero era imposible ignorar la tensión entre ambos.

–Tengo un colchón de sobra –ofreció la señora Addable–. Es pequeño, pero...

Se puso a relatar la historia de su colchón y Paige sintió como Gabe se acercaba a ella disimuladamente. Lo bastante para rozarla con la manga de la chaqueta...

–Mi cama llegó esta mañana.

Paige se olvidó por completo de las apariencias y lo miró a los ojos.

–¿En serio?

El bufido de la señora Addable apenas alcanzó su

subconsciente. Los ojos de Gabe tenían la peligrosa habilidad de hacer desaparecer el entorno.

–Parece que el ascensor de servicio es más fiable –añadió él en voz baja.

–Cuánto me alegro –dijo Paige–. Por ti –añadió tardíamente.

Gabe esbozó un atisbo de sonrisa.

–Yo también me alegro... por mí.

El ascensor anunció la parada con su particular pitido, y cuando Paige y la señora Addable se volvieron con expectación hacia las puertas, Gabe aprovechó para rozarle el dedo con el suyo. Fue un contacto ligero y sutil, pero bastó para que todo el cuerpo le prendiera en llamas.

Las puertas se abrieron en el cuarto piso, donde no había nadie esperando.

La señora Addable suspiró.

–Tranquilo, Randy. Ya casi hemos llegado.

Durante los siguientes diez minutos de subidas y bajadas, Paige tensó las piernas y se mordió el labio para no ponerse a gemir por las caricias del pulgar de Gabe en su muñeca.

Y, por primera vez desde que vivía en aquel edificio, se alegró de que el ascensor fuera tan imprevisible.

# Capítulo 5

**P**AIGE tuvo que esperar más de quince minutos para que el maldito ascensor se detuviera en su piso el viernes por la noche. Tiempo de sobra para preguntarse repetidas veces si debería cambiarse el vestido, el peinado o simplemente cambiar de idea.

Estaba muy nerviosa y hasta el menor soplo de aire la alteraba. Porque, después de varios días de sexo salvaje en la oscura intimidad del apartamento de Gabe, estaba a punto de enfrentarse al mundo real.

Las puertas del ascensor empezaron a cerrarse y se coló en el interior en el último segundo, apretándose entre un grupo de jóvenes a los que nunca había visto. ¿Y por qué iba a conocerlos? Gabe y ella apenas habían compartido nada fuera del dormitorio.

Lo cual a ella le parecía perfecto. Era mejor que las cosas se mantuvieran en aquel nivel, sin compromisos ni expectativas de ningún tipo.

Deseaba, no obstante, haber hablado de la fiesta con Gabe. Así al menos tendría una idea de lo que la esperaba. ¿Se tratarían Gabe y ella como simples desconocidos? ¿Como amistosos vecinos? ¿O se evitarían el uno al otro durante toda la velada?

Por esa razón, a Paige le gustaba dejarlo todo claro desde el principio. Los nervios la estaban matando y tenía la desagradable sensación de que algo no iba bien.

A medida que se acercaba a su destino, la música se hacía más fuerte y aumentaba su inquietud. El ascensor se abrió y la recibió el murmullo de las conversaciones y la voz de Billy Idol cantando *Hot in the City*. Paige respiró hondo, se alisó el vestido nuevo, se pasó una mano por el pelo y entró en el ático de Gabe con la cabeza bien alta.

Se encontró allí a muchos conocidos, como la señora Addable y otros inquilinos del edificio. Vio también a algunas chicas de la universidad e incluso a un par de chicos con los que había salido. Sintió una punzada de decepción, pero se la sacudió de encima. No era ni quería ser especial para Gabe.

Casi había logrado convencerse cuando vio la gran alfombra gris y roja que cubría el suelo del salón, un enorme jarrón rojo con ramas de sauce y un montón de sillas y mesas. Y el corazón le dio un vuelco al descubrir que Gabe había decorado el apartamento con los artículos de temporada de *Ménage à Moi*.

Entonces, sintió un hormigueo en la nuca, como si la estuvieran observando. Se dio la vuelta y escrutó la multitud hasta que su mirada se posó en un par de ojos oscuros muy familiares. Gabe estaba de pie en el otro extremo del salón, de espaldas a los grandes ventanales, recortado contra un cielo negro donde parpadeaban las estrellas y una luna casi llena. Tan exquisitamente apuesto, tan peligrosamente atractivo, y con la mirada fija en ella. Los ojos de un hombre adicto a los dónuts, que sabía más de las películas de Doris Day que ella y que recordaba dónde trabajaba a pesar de que ella estaba segura de no habérselo dicho desde que se conocieron.

Estaba contenta porque fuera a marcharse y porque fuese discreto. Le gustaba también que cada vez que la veía no pudiera refrenarse para tocarla. Pero lo que sentía en aquellos momentos no podía definirse como una simple atracción.

Aferró su bolso plateado en una mano y la pequeña bolsa que había llevado con ella.

–¡Paige! –la aguda voz de Mae le hizo daño en el oído.

Paige parpadeó un par de veces. La luz, el ruido y el ambiente de la fiesta la invadieron de golpe, como si acabara de salir de un túnel. A Gabe se lo tragó la multitud y ella se giró hacia Mae, quien se abría camino entre los invitados con Clint pegado a sus talones.

–Menuda fiesta, ¿eh? ¿Y has visto qué apartamento? Seguro que te estás muriendo por meterle mano.

Paige abrió la boca para decirle que la decoración era cosa de Gabe cuando recordó que, de cara a Mae, era la primera vez que pisaba aquel apartamento. No le había ocultado deliberadamente su aventura con Gabe, pero apenas se habían visto durante la última semana y ella había estado muy ocupada en el trabajo. Además, todo había sido tan intenso que no quería que estallase la burbuja. Se lo contaría todo a Mae en cuanto tuvieran un momento para ellas dos solas.

Algo que sería difícil, si nunca se separaba de Clint...

–¿Dónde está ese pirata tuyo? –le preguntó Mae–.

La semana pasada te comía con los ojos en el Brasserie, y no parece el tipo de hombre que necesite una linterna y un mapa para encontrar el tesoro... ya me entiendes.

Paige hizo una mueca con los ojos. Gabe Hamilton no había tenido ningún problema en encontrar su tesoro. Y parecía haberlo reclamado para sí, a juzgar por el hormigueo que sentía ella en la entrepierna cada vez que pensaba en él.

–¡Copas! –exclamó Mae, y Clint la miró como si volviera a recordar por qué quería casarse con ella. Los dos se dirigieron hacia el bar asidos de la mano.

Y Paige se quedó fingiendo que su cuerpo no llamaba a gritos a su anfitrión, dondequiera que estuviese.


Gabe se tocó el cuello del jersey por centésima vez desde que un montón de desconocidos irrumpió en su apartamento.

Apenas conocía a una decena de sus invitados, y a la mitad de ellos los había conocido en el ascensor durante la última semana. El resto se lo había presentado Nate, intentando que se sintiera como en casa. Pero lo único que lo retenía allí eran los ocasionales vistazos de una cabeza rubia muy familiar... Había sabido el momento exacto en que llegó Paige. Un cambio en el aire, una llamada de sus hormonas un segundo antes de verla aparecer entre los invitados, luciendo un vestido blanco que dejaba a la vista más pierna de la recomendable para la salud mental de Gabe.

Cuando volvió a verla, estaba hablando con un tipo. Y cuando el desconocido le puso la mano en el brazo, algo salvaje y primario le abrasó el estómago.

–Son las piernas –dijo una voz, interrumpiendo sus pensamientos.

Se volvió y vio a un grupo de hombres trajeados y con las copas medio llenas, todos mirando en dirección a Paige.

–¿Perdón?

–Parecen salidas de una película de detectives de los años cuarenta –dijo otro de ellos–. Me imagino entrando en un despacho cargado de humo, con el sol filtrándose entre las persianas, y encontrándome esas piernas cruzadas en mi escritorio...

–Hamilton, ¿verdad? –preguntó el tercero–. Somos amigos de Nate.

–Sí –omitió el dato de que Nate tuviese más amistades de las que él conocía. Había asuntos más acuciantes–. ¿Conocéis a Paige?

Los tres hombres lo miraron y Gabe supo lo que estaban pensando. «Pobre infeliz, se cree que tiene una oportunidad con ella».

Gabe tuvo que contenerse para no decirles lo que había hecho con ella en la encimera de la cocina. Levantó su copa y tomó un trago de whisky escocés.

–Salí con ella una vez –dijo el primero–, antes de que me presentara a mi mujer.

–Buena jugada –dijo el segundo, riendo.

–Buena criatura –comentó el tercero.

Gabe devolvió la mirada hacia Paige. La vio sonriendo de perfil mientras saludaba a alguien al otro lado del salón. Su sonrisa era tranquila, comedida, pero Gabe sabía que solo era una fachada. Había algo que lo escamaba, como si intentara hilvanar los fragmentos de un sueño sin sentido. Tal vez fuera una sensación de familiaridad. Quizá reconocía en ella sus propias reservas.

O quizá fuera un *déjà vu*.

El recuerdo de otra rubia lo asaltó de repente. Una rubia a la que conoció tiempo atrás, en la primera fiesta que celebraba Bona Venture. Su sonrisa era fría y artificial... salvo cuando sus miradas se encontraban.

—No —dijo en voz alta, provocando que varias cabezas se giraran hacia él. Torció el gesto y apuró el whisky antes de dejar el vaso en una bandeja que portaba un camarero.

La situación no se podía comparar. Para empezar, él había sido un joven altanero y temerario, dominado por la libido. Habían pasado años y era mucho más maduro y prudente. Y, sin embargo, su subconsciente no lo dejaba en paz. Lo que estaba viviendo con Paige era... intenso. Y había brotado de manera inesperada. Nadie podría culparlo por ceder a la tentación. Aquella mujer lo tenía excitado la mitad del día y toda la noche.

Se pellizcó el puente de la nariz, pero los recuerdos siguieron acosándolo. Había conocido a Lydia justo cuando Bona Venture empezaba a despuntar. El negocio que unos años antes solo era un sueño había crecido como la espuma después de la muerte de su abuela. Era como si una noche se hubiese ido a la cama y a la mañana siguiente se hubiera despertado en un mundo completamente distinto.

Lydia había sido su principal apoyo durante la tempestad, y a Gabe nunca se le ocurrió que sus motivos para estar con él fueran interesados. Al final, su error le costó todo lo que Nate y él habían levantado con tanto esfuerzo.

Y allí estaba de nuevo, preparado para tomar la decisión financiera más importante de su vida y, una vez más, se complicaba la existencia con una rubia.

—¿Te diviertes? —le preguntó Nate, apareciendo junto a él.

Gabe se metió las manos en los bolsillos de los vaqueros, sintiendo cómo se cernía una nube oscura sobre sus hombros.

—Tanto que apenas puedo contenerme.

Nate resopló con sarcasmo.

—Esta semana me reúno en Sídney con una empresa de codificación de software. Pensaba enviar a Rick, pero no creo que entienda tanto de... ¿Gabe?

—¿Sí? —un destello blanco a través de la multitud le había llamado la atención—. ¿Qué pasa ahora?

—Te estoy ofreciendo un cliente para sondearlo mientras estés aquí. Creía que saltarías de entusiasmo ante la posibilidad de hundir tus fauces en un nuevo contrato...

Normalmente sería así, pero Gabe se encontraba en un estado bastante confuso. Y, aunque el rostro de Nate era la viva imagen de la inocencia, todo lo que había dicho y hecho aquella noche expresaba un motivo oculto.

—A menos que tengas otros planes... —continuó Nate—. ¿Más decoración, tal vez? Es muy... bonito lo que has hecho con el apartamento.

–Viniendo de ti es todo un cumplido –le espetó Gabe–. ¿Cuándo te marchas a Sídney?

–Mañana a primera hora. Y eres bienvenido.

Gabe captó el destello de una rubia cabellera moviéndose entre los invitados.

–Puede que vaya dentro de un día o dos.

Nate lo miró con incredulidad.

–¿Me estoy perdiendo algo? Tengo a toda la oficina trabajando a destajo por si acaso no volvías a dar señales de vida y... Ah, ya entiendo –agarró una pasta de una bandeja y se la llevó a la boca–. ¿Quién es la rubia?

Gabe respiró profundamente. Que Nate no perteneciera al club de fans de las piernas de Paige lo aliviaba más de lo que quería admitir.

–¿Hay alguna rubia en particular a la que quieras que le hable de ti?

Nate lo agarró por las orejas y le hizo girar la cabeza hacia la rubia en cuestión.

–Sí, a la que no has dejado de mirar en toda la noche y la que te hace llegar tarde al trabajo.

Gabe le apartó las manos.

–Para empezar, es una vecina del edificio y... –¿y qué? ¿Acaso no era la razón de que estuviera tan distraído en el trabajo?–. Casi me pilló los dedos con la puerta del ascensor la primera vez que nos vimos.

–¿En serio? Bueno, entonces no te importará si intento algo con ella...

Gabe lo agarró por la nuca, pero Nate se zafó, riendo.

–Hacía mucho que no te veía mirar dos veces a una rubia, y la verdad es que me alegra... Parece que por fin has regresado, en todos los sentidos. Bueno... iré a decirle al pobre Rick que tiene que estar preparado mañana por la mañana.

Se alejó y Gabe se quedó callado y pensativo, molesto por la velada referencia que Nate había hecho sobre Lydia. Gabe había salido con otras mujeres desde ella, y tampoco se podía decir que Lydia le hubiera afectado tanto. Cierto que había vendido los secretos de la empresa a la competencia, lo que provocó una investigación de la Comisión de Seguridad Australiana por uso ilícito de información privilegiada. Las consecuencias fueron devastadoras y Gabe había tenido que hacer miles de kilómetros por todo el mundo para salvar el negocio. Pero todo eso era agua pasada y, si bien Gabe era mucho más cauto en lo que se refería al trabajo, su vida sentimental solo podía calificarse de estupenda. O al menos lo sería en cuanto echara a todas esas personas de su apartamento.

A todas menos una.

Paige sintió la presencia de Gabe un segundo antes de oír su voz grave y varonil.

—Señorita Danforth... qué bien que haya venido.

Tomó un rápido sorbo de champán y se dio la vuelta.

—Pues claro, ¿cómo iba a perderme esta fiesta?

Con un pantalón de pijama y nada más, Gabe Hamilton era la fantasía de cualquier mujer. Pero vestido con aquella chaqueta de raya diplomática, jersey de cachemira azul marino y vaqueros negros, ofrecía un aspecto más apetecible y peligroso que nunca.

Se inclinó para besarla en la mejilla y Paige tuvo

una idea bastante acertada de lo que deberían de ser los síntomas por falta de oxígeno en el cerebro.

–Para ti –le dijo, mostrándole la pequeña caja que llevaba–. Un regalo para tu nueva casa.

Gabe aceptó el paquete con el ceño fruncido, y ella se sintió ridícula por haberle llevado algo.

–Pensándolo bien, quizá no combine con tu nueva decoración... –intentó arrebatárselo, pero él lo mantuvo fuera de su alcance.

–Veo que te has dado cuenta.

–Es mi trabajo. Y, por cierto, ha quedado muy bien.

Él ladeó la cabeza en señal de agradecimiento, antes de llevarse la caja a la oreja y sacudirla ligeramente.

–Mientras no sea un cojín para el sofá, seguro que es perfecto.

Ella se encogió de hombros, sintiéndose cada vez más ridícula por el regalo que le había hecho. Era una baratija absurda, pero evidenciaba el enorme impacto que Gabe ejercía en ella. Pero, entonces, pensó en los cambios que él había hecho por ella en su apartamento y ya no supo qué pensar.

Gabe abrió la caja y la sorpresa se reflejó en su rostro al ver el flamenco rosa.

–Para tu teléfono –explicó ella. Introdujo la mano en el bolsillo interior de la chaqueta, sabiendo que allí llevaba siempre el móvil, y sacó el aparato para colocarlo en la pata doblada del flamenco. Movió la cabeza para invitar a Gabe a seguirla y dejó el soporte con el móvil en la encimera de la cocina.

–Así no se te llenará de migas de dónuts.

Gabe parpadeó con asombro al ver la cursilada rosa en su elegante y oscura cocina. Entonces miró a Paige y ella se sintió como Lois Lane ante la visión con rayos X de Superman.

–Es una tontería... –murmuró para quitarle importancia.

–Es perfecto –repuso él con una mano en el corazón–. Gracias.

–No hay de qué –en realidad, no cabía en sí de gozo.

Los empujones de la multitud la arrojaron sobre él, quien la sujetó con uno de sus fuertes brazos y la abrasó con su calor corporal a través del fino vestido. Una vez más, se preguntó cómo había podido estar tanto tiempo sin un hombre.

Muy fácil. Porque nadie le había hecho sentir nunca lo mismo que Gabe.

–Vámonos de aquí –le murmuró él.

–Pero la fiesta acaba de empezar –objetó ella, riendo.

–¿En serio? A mí me parece que empezó hace una eternidad.

Paige miró por encima del hombro de Gabe.

–¿No tienes que...?

–No.

Lo miró a los ojos y se encontró con su mirada encendida, ardiendo de deseo por ella. Si no la hubiera estado sujetando, se habría derretido a sus pies.

–Pero tienes que quedarte, Gabe... –insistió, poniéndole las manos en el pecho.

Él sacudió lentamente la cabeza.

–Lo que tengo que hacer quiero hacerlo contigo.

Por Dios... Paige se lamió los labios e intentó explicarle por qué debía quedarse en la fiesta, pero no le salían las palabras. Lo único que pudo hacer fue morderse el labio para detener sus temblores, mientras él la observaba atentamente. Los fuertes latidos que sentía bajo sus palmas terminaron de minar su resistencia.

–Está bien. Vamos.

Gabe no necesitó más estímulo. La agarró de la mano y se abrió camino a través de la multitud, como la hoja candente de un cuchillo atravesando la mantequilla derretida.

–¡Gabe! –lo llamó una voz.

Paige se esperaba que acelerara el paso, pero él la sorprendió deteniéndose tan bruscamente que ella chocó con su espalda. Él la rodeó con un brazo para sujetarla y se volvió hacia un hombre apuesto y atractivo al que Paige nunca había visto.

–¿Y ahora qué? –preguntó con irritación.

El hombre le sonrió pacientemente y miró a Paige. Gabe suspiró.

–Nate Mackenzie, te presentó a Paige Danforth.

Nate sonrió y le ofreció la mano.

–La usuaria del infame ascensor... Es un placer.

Paige se rio con asombro y miró a Gabe, que estaba fulminando a Nate con la mirada. Le había hablado de ella a su amigo, mientras que ella no le había dicho ni una palabra a Mae.

–Una cosa más antes de que te vayas –le dijo Nate a Gabe–. Deberías ir a saludar a los hombres de gris que están junto a la ventana.

–En otro momento –masculló Gabe.

Paige sintió la atención de Nate fija en ella, aunque seguía mirando a Gabe con unos ojos engañosamente risueños.

–No hay otro momento. Tiene que ser ahora. Los necesitamos para el... acuerdo.

Gabe apretó con fuerza a Paige, pero en vez de llevarla hacia la puerta se disculpó por el imprevisto y se alejó.

–Lo siento –le dijo Nate a Paige, y parecía lamentarlo de verdad–. Los negocios son los negocios, ya sabes.

–No pasa nada –respondió ella, aunque no entendía nada de nada. Apenas sabía a qué se dedicaba Gabe, aparte de que siempre estaba viajando y con el teléfono en la mano.

–Soy su socio en Bona Venture –dijo Nate–. Y, por tu expresión, parece que no te ha hablado de mí.

–No, lo siento –tampoco habían hablado mucho del trabajo de Paige, la verdad.

–Si no fuera tan especial...

–¿Cómo?

Nate se frotó la nuca y miró en dirección a Gabe y los hombres de gris.

–Gabe. Es único en su trabajo. Puede oler una inversión a medio mundo de distancia y no hay negociación que se le resista. No hay nadie como él, lo cual puede ser en ocasiones un auténtico quebradero de cabeza.

Alternó su astuta mirada entre Gabe y Paige y esbozó una sonrisa de autosuficiencia. Y a Paige se le puso la carne de gallina aunque no sabía qué se le pasaba por la cabeza al socio de Gabe.

–Si tienes alguna influencia sobre él... –empezó a decirle Nate, pero ella levantó y agitó frenéticamente las manos.

–No tengo ninguna influencia sobre él. De verdad que no. Somos... amigos, nada más.

La expresión de Nate le dejó muy claro que no se lo creía. Lógico. Ni siquiera ella se lo creía.

–Te pido disculpas... Pero estoy desesperado.

–¿Por qué?

–Por conseguir que Gabe se quede.

Paige sintió que el suelo se abría bajo sus pies.

–¿Gabe está pensando en quedarse?

–Dímelo tú.

Paige tragó saliva con dificultad. Gabe y ella no habían hablado de su marcha, ya que no estaban saliendo juntos ni eran pareja. Entre ellos solo había... sexo. No podía haber nada más. Ella necesitaba que se fuera. La única razón por la que se estaba arriesgando con él era porque su relación tenía fecha de caducidad.

En esos momentos, Gabe la miró desde el otro extremo del salón. Y Paige sintió la conexión entre ambos a pesar de la distancia que los separaba. Gabe sacudió la cabeza, como asegurándole que no tardaría mucho. ¿O quizá le estaba advirtiendo que no se enamorara de él?

Paige no se había equivocado al protegerse a sí misma de las consecuencias que podría tener aquella aventura. El único problema era que... no le había servido de nada.

# Capítulo 6

LOS RUIDOS de la fiesta acompañaron a Paige mientras pulsaba el botón del ascensor con manos temblorosas. No sabía por qué estaba tan nerviosa, si por lo que iba a ocurrir después o por la conversación que había tenido con Nate. Seguramente fuese por ambas cosas.

–¿Cuándo vas a volver a Brasil?

–No voy a volver –respondió él, y a Paige se le cayó el alma a los pies–. El trato está cerrado, pero me marcharé en cuanto acabe aquí. Voy allí donde esté el trabajo, y el noventa por ciento de las veces está a miles de kilómetros de aquí.

Paige soltó un suspiro de alivio tan fuerte que cerró los ojos, avergonzada.

–¿Respuesta equivocada? –preguntó él en tono jocoso.

–¿Sonaría muy malvado si dijera que es la respuesta correcta?

–Un poco –admitió él con una sonrisa, y la estrechó entre sus brazos para acariciarle la espalda–. Pero resulta que me gustan las mujeres malvadas...

Las puertas del ascensor se abrieron con su particular sonido. Gabe bajó las manos hasta sus nalgas, la levantó y la metió en el ascensor. Antes de que las puertas se cerraran, había pegado los labios a su cuello y le buscaba con los dedos el escote del vestido.

Aquello era lo único que importaba, pensó Paige. No las dudas y las vueltas a la cabeza.

El aliento de Gabe le puso la piel de gallina.

—Aunque no sea muy propio por mi parte admitirlo, estoy impaciente por saber cómo es la auténtica guarnición...

—¿Y eso?

—Finalmente voy a ver tu casa.

Paige abrió los ojos. ¡El vestido de novia! Seguía colgado de la silla de la cocina. No se había molestado en guardarlo, como si meterlo en el armario fuese la prueba definitiva de propiedad.

Rápidamente, se quitó el zapato y con el dedo del pie pulsó el botón de emergencia. El ascensor se detuvo con una sacudida tan fuerte que Paige se agarró a la chaqueta de Gabe como si fuera un salvavidas.

En el repentino silencio que siguió, los frenéticos latidos de su corazón resonaban por encima de sus alientos mezclados.

No sabía cómo iba a explicarle lo del vestido a Gabe, pero cuando lo vio sonreír y arquear las cejas sintió un inmenso alivio. Como una inyección de calor en un frío día invernal.

Entonces, con un gruñido salvaje, él la apretó de espaldas contra la pared del ascensor y ambos empezaron a recorrerse mutua y desesperadamente con las manos. Él le bajó la falda y ella hizo lo mismo con su pantalón. Un segundo después la estaba penetrando y haciendo gritar de placer. Paige se pasó una mano por los ojos mientras se dejaba colmar por una maravillosa sensación de plenitud.

Pasara lo que pasara, durase lo que durase, los dos estaban hechos para ello y ninguno podía negarlo.

Las sensaciones palpitaban por todo su cuerpo, como una tormenta perfecta descargando su fuerza torrencial sobre los músculos apretados. El placer aumentó hasta que no pudo aguantarlo más y, con un grito que debió de oírse en todo el edificio, la tensión estalló en una incontenible ola de calor extático, seguida pocos segundos después por la explosión liberadora de Gabe.

Las increíbles sensaciones se fueron apagando lentamente y Paige apoyó la frente en el pecho de Gabe, dejando que su respiración rítmica y profunda la calmase.

Cuando finalmente levantó la cabeza, se lo encontró con los ojos cerrados y los labios entreabiertos. Las luces del ascensor proyectaban sombras bajo sus cejas y realzaban las arrugas alrededor de los ojos, los pelos de la mandíbula y la protuberancia de la nuez.

Era tan fuerte y varonil que a Paige se le contraía el pecho solo de mirarlo.

Él abrió los ojos, le dedicó una pequeña sonrisa y le colocó un mechón tras la oreja. Y Paige tragó saliva al reconocer la verdad. Aún no estaba lista para poner distancia. Por lo que sentía cuando estaban juntos y a solas. El trabajo, la familia, Mae... nada le importaba. Él sosegaba su espíritu y hacía que todo fuera fácil, permitiéndole vivir el momento.

Levantó la mano y le acarició la mejilla con los

nudillos. Le pasó el dedo pulgar por el labio inferior y le alisó un pelo de la ceja. Y él se lo permitía. Sus ojos no delataban nada, pero las aletas de la nariz se le ensancharon al tocarlo.

El sentimiento que invadía a Paige llegó a hacerse tan fuerte que le impedía respirar. Se clavó las uñas en las palmas y se apretó contra la pared para que ambos pudieran desenredarse y volver a colocarse la ropa.

—Es usted toda una revelación, señorita Danforth...

—¿Acaso pensabas que era una chica buena?

Sus miradas se encontraron y mantuvieron durante tanto rato que a Paige se le formó un nudo en la garganta.

—No —respondió él mientras pulsaba el botón de emergencia.

Paige soltó una carcajada alegre y despreocupada, aunque en el fondo sabía que aquella sensación era muy peligrosa.

Gabe siguió pulsando insistentemente el botón, pero el ascensor no se movía. Al final desistió y se metió la mano en el bolsillo de la chaqueta para sacar el móvil y pedir ayuda. Pero el móvil no estaba en su bolsillo.

—El flamenco... —dijeron los dos a la vez, y Paige se rio tanto que le dolieron las costillas.

—No tiene gracia. Tengo a cien personas en la fiesta.

—Y solo hará falta que una se marche temprano para descubrir que el ascensor no funciona —Paige se llevó un dedo a los labios—. Aunque ya sabemos cómo se comporta este ascensor en los momentos más inoportunos.

La expresión de Gabe le dejó claro que no estaba para bromas. Paige lo apartó y abrió el compartimento donde estaba el teléfono de emergencia. Tampoco funcionaba. En la próxima reunión de vecinos iba a desahogarse a gusto con el trasero de Sam.

Gabe se pasó una mano por el pelo y miró frenéticamente a su alrededor, antes de posar la mirada en las puertas.

Y a Paige la asaltó una inquietante posibilidad...

—Gabe, ¿sufres claustrofobia?

Él se tiró del cuello del jersey.

—Claro que no. Pero tampoco me gusta quedarme atrapado en un cubículo durante mucho tiempo —bajó la voz a un gruñido mientras aporreaba el panel de control, sin obtener el menor resultado.

Paige no pudo seguir conteniendo la risa.

—Esto es genial... El ascensor no solo la tiene tomada conmigo, y eso que parecía haber caído bajo tu hechizo.

Gabe la miró con ojos entornados. Al fin y al cabo, era ella la que había pulsado el botón...

El silencio se alargó entre ellos, tan solo interrumpido por los ocasionales crujidos del ascensor. Lo único que se podía hacer era esperar.

—¿Y ahora qué? —preguntó ella, cruzándose de brazos.

—¿Qué clase de nombre es Gabe?

A Gabe le dolían los muslos después de pasarse diez minutos en cuclillas, intentando arreglar el teléfono para que los sacaran de allí. Por desgracia, su especialidad era la contabilidad, no la ingeniería eléctrica.

–¿Solo Gabe? ¿O es un diminutivo de Gabriel? –insistió Paige cuando él no respondió.

–Lo segundo.

–Qué bonito... –dijo ella, quien no parecía tan preocupada como él por la falta de oxígeno–. Como el arcángel.

Las rodillas de Gabe crujieron al levantarse. Se volvió hacia Paige y la vio descalza, con un pie sobre el otro, el pelo recogido improvisadamente y la chaqueta arremangada. Y, a pesar del ambiente sobrecargado y asfixiante, su cuerpo volvió a reaccionar.

Rápidamente sofocó la excitación. Tenía que conservar el aire.

–¿Te diviertes con tus comentarios mientras yo intento sacarnos de este apuro?

–Mucho. Es agradable ver a alguien más quejándose del ascensor, para variar.

–Yo no emplearía la palabra «agradable» –murmuró él, mirando alrededor. No padecía claustrofobia, pero los deficientes rascacielos que había visitado por todo el mundo le habían dejado una muy mala impresión de los ascensores.

–Volviendo a tu nombre...

–Es un nombre familiar –espetó él, frotándose la agarrotada nuca.

–¿Por parte de madre o de padre?

–¿No tienes calor?

Paige lo miró sorprendida, se arrebujó con la chaqueta de Gabe y negó con la cabeza.

–¿Cuándo se ha apagado el aire acondicionado? –preguntó él.

–No lo sé, pero podemos pasarnos varias horas aquí dentro sin problemas. Una vez leí que un tipo se quedó atrapado en un ascensor de Bruselas durante una semana. Sobrevivió a base de los desperdicios que encontraba en la moqueta. Creo que Hugh Jackman iba a hacer una película sobre él... Comparados con él, yo creo que estamos bastante bien.

–¿Con Hugh Jackman o con el tipo de Bruselas? –preguntó Gabe, intentando no pensar en la posibilidad de quedarse encerrado en un ascensor durante varios días–. No, no respondas. Mejor aún, cállate de una vez.

Ella no se molestó en ocultar una sonrisa. Gabe no se había dado cuenta de que fuera una sádica, pero parecía estar disfrutando mucho con su malestar. Para demostrarlo, deslizó un pie por la pared y lo apuntó sensualmente con la rodilla. El vestido se le subió por el muslo y ella respiró profundamente antes de hablar.

–Nate parece un buen tipo. Tiene una buena melena... ¿y qué me dices de sus hoyuelos? ¡Son encantadores!

Gabe apretó los dientes con fuerza.

–¿Me estás tomando el pelo?

Ella parpadeó varias veces.

–Lo siento, pero ¿quieres que deje de hacerte preguntas personales o que cierre la boca?

Él arqueó una ceja, y ella imitó el gesto mientras movía la rodilla de lado a lado.

–¿Nate está soltero?

–De mi padre.

–¿Cómo?

–Mi nombre viene de la familia de mi padre –miró el techo del ascensor, preguntándose cuánto tardaría en retirar un panel, escalar al techo y trepar por un cable metálico...

–¿Se llamaba Gabriel?

–Frank.

–¿Gabriel era el nombre de tu padre? –insistió Paige–. ¿No? ¿Tal vez el nombre de su mejor amigo en la guerra?

Y, ya fuera por el aparente intento de Paige por asfixiarlos a ambos, o por el aspecto que presentaba descalza y con su chaqueta puesta, Gabe hizo una confesión que jamás había compartido con nadie, ni siquiera con Nate.

–Mi abuela paterna se llamaba Gabriella.

Era una confesión sin importancia, pero Gabe se sorprendió al sentir una extraña paz en su interior.

La rodilla de Paige se detuvo a medio balanceo y su labio inferior desapareció entre los dientes, seguramente para sofocar una sonrisa. Pero a Gabe no le importaba. El destello de sus blancos dientes hacía que la sangre le hirviera de excitación. Al diablo con todo. Si iba a morir allí, moriría sonriendo.

–¿Era la abuela que se cercioró de que tuvieras unos conocimientos decentes sobre Doris Day?

–Entre otras cosas. El nombre de Gabriel se ha usado en mi familia desde hace generaciones. Mi abuela no tuvo hermanos, así que...

–Así que no es un nombre de chica.

–No –la miró a los ojos y ella se apartó un mechón

de la cara, provocando que el recogido se le soltara sobre un hombro.

—Me parece algo... entrañable.

—¿En serio?

—Pues claro. Mucho más que el origen de mi nombre —se rio, pero fue una risa amarga, triste. Y Gabe se sintió impelido a preguntarle, a pesar de que no le gustaba indagar en la vida personal de nadie.

—¿Cómo es eso?

Ella tardó unos segundos en responder.

—Mi padre era jugador de críquet y casi todo el año se lo pasaba compitiendo en el extranjero. Mi madre no creyó que estuviera presente en mi nacimiento... y así fue. De modo que le dio carta blanca para ponerme el nombre que quisiera —su mirada se tornó fría y apagada—. ¿Quieres saber por quién me puso mi padre este nombre?

—Sí.

—Por la camarera de hotel con quien se estaba acostando cuando recibió la llamada de mi madre.

Dios... Gabe sintió el impulso de acariciarle la frente, arrugada, pero en vez de eso se plantó firmemente en el suelo del ascensor.

—Creo que mi madre tenía la esperanza de que volviera con nosotras.

—¿Y funcionó?

Paige esbozó otra amarga sonrisa.

—No mucho. Mi padre la engañaba siempre que podía, hasta que un día mi madre decidió que ya había tenido suficiente y le pidió el divorcio. Él tuvo el descaro de sorprenderse. Y, aunque ella lo dejó sin blanca, se quedó destrozada —sacudió los hombros y se mordió la lengua, como si intentara borrar un mal sabor de la boca–. En fin... Ya es agua pasada.

Agua pasada, pensó Gabe. En su opinión, de nada servía barrer el pasado bajo la alfombra. De esa manera solo se formaba un bulto con el que tropezar una y otra vez.

–¿Ves mucho a tu padre?

–No lo veo nunca. Pero a mi madre sí, y estamos muy unidas. Es una buena mujer, mucho más indulgente de lo que yo podré ser jamás. ¿Y la tuya?

Gabe debería haberse previsto la pregunta, pero había estado tan concentrado en Paige que lo pilló por sorpresa.

–Mis padres murieron cuando yo era joven. Me crió mi abuela.

–La abuela Gabriella... –dijo ella, asintiendo lentamente.

–Era una mujer extraordinaria. Fuerte y testaruda. Menos mal porque, de otro modo, no habría podido conmigo. Yo era un niño salvaje y nervioso, y ella consiguió educarme con mano firme. Todo lo que soy se lo debo a ella.

–¿Vive en Melbourne?

–Falleció hace unos años. Justo cuando mi carrera profesional empezaba a despegar. Me partió el corazón que no pudiera verme triunfar –al soltar el aire volvió a sentir otro cambio en su interior.

Y también Paige respiró profundamente, como si también ella estuviera desprendiéndose de un remordimiento largamente retenido.

–Paige... –no supo qué más decir, y sacudió la cabeza al percatarse de que ella lo había dejado sin pa-

labras. A él, el Rey Midas de los negocios. El seduc-
tor con lengua de plata.

No importaban los errores que hubiera cometido
en su vida. Había hecho algo bueno por Paige al aparecer en su vida en el momento oportuno. Aquella
mujer que parecía haberse llevado un inmenso alivio
cuando él le confirmó que se marcharía pronto y que
su aventura tenía fecha de caducidad. La idea lo de-
sanimó un poco, pero rápidamente se dio una sacudida mental. Paige era una mujer muy sexy y pasio-
nal, pero había un límite para lo que él podía ofrecer.
Sentir algo por alguien podía ser una ilusión extremadamente dañina. Y tendría que recordarlo cuando
escapara de aquel ascensor impregnado con el irresistible olor de su piel suave y femenina.

Dio un paso adelante y le puso las manos en los
brazos. El calor le calentó la piel a través de la chaqueta, su deliciosa fragancia lo envolvió y sus grandes ojos azules lo miraron sin pestañear mientras respiraba hondamente. Colocó una mano en la pared,
por encima de su cabeza, y ella entreabrió los labios
en una súplica silenciosa para que la besara.

Y justo cuando Gabe se disponía a ceder al instinto salvaje que lo apremiaba a poseerla, las luces
parpadearon y el ascensor empezó a moverse.

Las puertas se abrieron y Paige supo que si des-
viaba la vista vería el empapelado plateado de la
planta octava. Pero no podía apartar la mirada, ni por
todo el café de Brasil.

No cuando Gabe parecía estar traspasándola con

una mirada tan intensa que le llegaba al corazón.
–Deberíamos salir de aquí antes de que a este trasto
se le ocurra cambiar de opinión –sugirió–. Eres demasiado grande para que cargue contigo si te desma-
yas.

–Qué graciosa... –espetó él, pero se puso rápidamente en movimiento y sujetó la puerta para que ella
saliera.

La tenue luz del rellano le hizo daño a Paige, como
si se hubiera pasado un año en una cueva y no una
hora en un ascensor iluminado. Era como si se hubiese despertado de un sueño. Se quitó la chaqueta
de Gabe y se la ofreció. Él la agarró y se la echó sobre el brazo.

–Será mejor que suba para ver si todo sigue en orden en la fiesta. Espero que Nate no haya invitado a
todo el mundo a quedarse a dormir.

–Eres más valiente que yo.

–¿Me tomas el pelo? Voy a subir por las escaleras.
¿Y tú?

Ella se abrazó, echando de menos la chaqueta de
Gabe y su proximidad corporal. Dio un paso atrás y
negó con la cabeza.

–Creo que ya he tentado bastante a la suerte por
esta noche.

Él esbozó un atisbo de sonrisa, pero su expresión
se tornó muy seria. Ella tomó aire y se dispuso a
darle las buenas noches, pero él la cortó al cubrir la
distancia que los separaba en tres largas zancadas.
Paige tuvo que alzar la vista para mirarlo a los ojos.

–¿Cuándo volveré a verte?

A Paige se le hizo un nudo en la garganta. Aparte

de la invitación para la fiesta, era la primera vez que uno de ellos sugería un plan.

–Pronto, si nos atenemos a los últimos días... –dijo ella, en un vano intento por dar una imagen pícara y descarada.

–Bueno, yo estaba pensando más bien en una cena.

–¿En una cena? –repitió Paige, anonadada–. ¿Te refieres a una cita?

Gabe asintió seriamente.

¿Una cita? Una cita. La experiencia la acuciaba a negarse. Gabe era un nómada, y ella había reconocido la impaciencia en su mirada nada más verlo. Si no había aprendido a mantener a raya a los hombres como él, debía de ser tonta de remate.

Por otro lado, había que tener en cuenta que Nate estaba intentando conseguir que Gabe se quedara en la ciudad...

–¿Paige? –la apremió él.

El subconsciente la refrenaba, pero el resto de su cuerpo lo tenía muy claro.

–De acuerdo.

# Capítulo 7

**P**AIGE acababa de sentarse con Mae y Clint en el pub Oo La La, en Church Street, cuando recibió la llamada que llevaba esperando todo el día, aunque intentara convencerse de lo contrario.

Se levantó del taburete con una excusa y salió a la fría noche de Melbourne. Se metió la mano libre bajo la axila y pisó con fuerza el suelo en un vano esfuerzo por conservar el calor.

–¡Hola, Gabe! –exclamó con más entusiasmo del que pretendía. A pesar de tener grabado el número de Gabe, debería haber fingido un poco más de indiferencia.

La risa de Gabe le recordó que no necesitaba preocuparse por el frío. Cada vez que oía su voz entraba inmediatamente en calor.

–¿Qué ocurre? –le preguntó, y enseguida se mordió el labio. ¡Como si no lo supiera!

–Creo que te había prometido una cena.

–Cierto –respondió con un poco más de serenidad. Lo siguiente sería disimular que no se había pasado soñando despierta la mayor parte del sábado, imaginando adónde la llevaría o qué ropa se pondría.

Un tranvía pasó ruidosamente por la calle, despidiendo chispas de los cables elevados. Paige se apretó

el teléfono a la oreja derecha y se tapó la izquierda
con la otra mano.

—Lo siento, no he oído lo último.

—He dicho que tendremos que posponerlo.

Paige se quedó quieta y rígida en medio de la
acera.

—Estoy en Sídney por trabajo. Vine en avión esta
mañana, y no sé cuándo volveré.

¿Estaba en Sídney? ¿A miles de kilómetros y ni
siquiera se había molestado en decirle que se mar-
chaba? A menos que... hubiera cambiado de opinión.

—¿Paige? ¿Me oyes?

—Sí, te oigo —respondió, frotándose el dolor que
sentía bajo las costillas—. No pasa nada. Lo entiendo.
Yo también tengo mucho que hacer esta semana. Nos
veremos cuando...

—Paige —la cortó él con su voz profunda e irresis-
tiblemente sensual.

—¿Sí? —cerró los ojos y se dio varias palmadas en
la frente. Al abrirlos vio a una pareja que pasaba ante
ella enganchados del brazo.

—Volveré en un par de días, y seguro que podemos
salir una noche si ambos lo intentamos.

No añadió «antes de que me marche para siempre», pero el mensaje estaba claro y se cernía sobre
la cabeza de Paige como un enorme piano suspen-
dido de una cuerda. El dolor en las costillas se hizo
más intenso.

—Te llamaré cuando sepa algo más —dijo Gabe.

—Muy bien. Como quieras. A mí me es igual.

Gabe volvió a reírse, y el sonido le recorrió el brazo
hasta posarse en su vientre.

–Te llamaré –le prometió–, aunque te dé igual.

–Muy bien –repitió ella.

–Buenas noches, Paige –se despidió y colgó.

Paige se volvió para entrar en el bar, pero sus botas se pegaron al suelo y permaneció unos minutos frente a la luz rosada que salía por las ventanas.

¿De verdad había pensado que Gabe se había ido a Sidney para evitarla? Por Dios... Un hombre con el que no estaba comprometida ni nada por el estilo había pospuesto una cita, simplemente. Y, sin embargo, el corazón le latía a un ritmo desbocado. No, ella no era así. Ella no se obsesionaba con un hombre al que no podía tener.

Ella no era su madre...

No. Unos días de separación era justo lo que necesitaba para recordar que su vida ya era plenamente satisfactoria antes de que Gabe Hamilton se colara en su ascensor.

Al final, Gabe estuvo fuera más de una semana.

Paige estaba encantada con todo lo que había conseguido durante su ausencia. Hizo su declaración de la renta, reordenó su salón un par de veces, superó todos los niveles del videojuego *Angry Birds*, quedó con Mae y Clint en otras dos ocasiones, en las que su amiga le arrancó finalmente la confesión sobre su aventura con Gabe, y pulió hasta el último detalle el proyecto para lanzar el catálogo veraniego en Brasil.

En definitiva, fue estupendo pasar un tiempo separados. Y, sin embargo, no podía sofocar los nervios el lunes por la mañana, cuando estaba previsto que

Gabe regresara. Se puso el conjunto de lencería negra que se había comprado especialmente para la ocasión, entró en el baño para arreglarse, luego abrió el armario para vestirse y, en vez de sacar el uniforme de trabajo, agarró la bolsa blanca que asomaba desde el fondo del armario. Sin poder detenerse, abrió la bolsa y sacó el vestido secreto...

En cuanto sintió en las manos el peso de las perlas, el chiffon y el encaje, algo se removió en su interior y la impulsó a ponerse el vestido. La prenda se deslizó, fresca y suave, por su piel desnuda, y el bajo cayó delicadamente hasta sus pies descalzos. Los dedos le temblaban mientras se subía la cremallera por la espalda.

Con los ojos cerrados y las rodillas temblorosas, se volvió hacia el espejo de la puerta del armario. Deseaba desesperadamente que el vestido le quedara grande, o que el color le hiciera parecer que tenía ictericia o que se había recubierto de papel higiénico como la muñeca que su madre tenía en el baño.

—Solo es un vestido —se dijo a sí misma. Pero cuando abrió los ojos los tenía llenos de lágrimas.

¿Sentiría Mae lo mismo al ponerse el suyo? ¿Se sentiría hermosa, especial, mágica, romántica y llena de esperanza? No lo sabía, porque nunca se lo había preguntado. Era Mae quien siempre hablaba de la boda, la que iba a verla con revistas de novias, la que se reunía con los músicos y los proveedores y la que desbordaba entusiasmo mientras Paige fingía un mínimo de interés. Pero a Mae le sobraba la motivación y la ilusión. Mae había encontrado lo que durante años se habían convencido la una a la otra de que no existía. Un hombre en quien confiar y a quien amar.

Contempló su reflejo como si estuviera teniendo una experiencia astral. Una lágrima le resbaló por la mejilla y entonces tuvo una revelación tan clara que ahogó un grito.

De repente sabía cuándo había cambiado todo. Cuándo su trabajo había dejado de satisfacerla. Cuándo había dejado de salir con hombres. Cuándo se le había escapado el rígido control sobre su vida.

Fue cuando Mae le contó que Clint se le había declarado y le mostró el pequeño solitario que destellaba en su dedo. En aquel momento, la certeza y el consuelo de que Paige no era la única que no creía en el amor y en los finales felices se derrumbaron como un castillo de naipes.

Se apretó las manos contra los ojos, abrasados por los lágrimas.

¿Qué le ocurría? Su mejor amiga estaba felizmente enamorada e iba a casarse. ¿Solo por eso su mundo se había venido abajo?

Siempre había creído que el ardor que le abrasaba el estómago cada vez que veía juntos a Mae y a Clint era por miedo a que su amiga sufriera. Pero se había engañado a sí misma. Era envidia. La agónica certeza de no haber sentido nunca una mínima parte del amor que ellos compartían, y que la había hecho encerrarse en sí misma y olvidarse de los hombres para no recordar que estaba destinada a seguir sola el resto de su vida.

Lloró desconsoladamente hasta que le costó respirar. Sentía los pulmones comprimidos en el pecho. La única forma de volver a respirar con normalidad era quitándose aquel condenado vestido.

Se tiró de los tirantes, pero se le habían hundido en los hombros. Tiró del escote, pero no cedió. Se llevó los dedos a la cremallera y... Se quedó de piedra, con un pie apoyado indecorosamente en el sillón y los brazos a la espalda.

La cremallera estaba atascada.

Tenía que salir en diez minutos si quería llegar a tiempo al trabajo para la presentación final del proyecto de Brasil.

Respiró profundamente para conservar la calma y tiró con fuerza de la cremallera.

Nada.

¿Qué podía hacer?

Mae y Clint no vivían lejos, pero en hora punta tardarían una eternidad en llegar. La vecina estaba en el hospital para operarse de la nariz. Y, si llamaba a la señora Addable, todo el edificio se enteraría de su situación antes de que pudiera poner un pie en la calle.

Podría intentar cubrirse el vestido con su rebeca verde, su chaqueta corta marrón, sus botas grises con flecos y un montón de accesorios. Se imaginó la escena en la sala de juntas: Callie recibiendo las continuas atenciones de las secretarias, Geoff intentando no zamparse las pastas de la bandeja, y Susie, su ayudante, abriendo los ojos como platos al verla entrar con un vestido de novia.

Se rindió y se dejó caer en la cama de espaldas.

Gabe esperaba el ascensor en el vestíbulo. Había sido una semana infernal. Los otros dos ejecutivos que se habían presentado para intentar llegar a un

acuerdo con la empresa de software habían resultado
ser los rivales más duros con los que Gabe se había
enfrentado en toda su carrera. Pero, como siempre,
la suerte había estado de su parte.

Y, sin embargo, sentía un extraño alivio por estar
de vuelta. El frío no se le introducía en los huesos
como antes. El ruido de los tranvías no lo molestaba
lo más mínimo. Y el horizonte no le parecía tan oscuro y lúgubre. De hecho, con el sol de la mañana
elevándose sobre los rascacielos, la estación de tren
de Finders Street y las relucientes aguas del río, la
ciudad le parecía bonita y acogedora.

Tal vez hubiera echado de menos su cama. O a la
persona con quien podría haber compartido su cama...
Una voluptuosa rubia de ojos azules y carnosos labios que...

El tintineo del ascensor lo hizo sacudirse mental-
mente. Quienquiera que estuviese en el ascensor no
tenía por qué ver cómo lo había afectado una semana
sin Paige. Pero el ascensor ni siquiera abrió las puertas y volvió a subir sin Gabe.

No había echado de menos aquello...

Vio en el panel que el ascensor se detenía en la
planta octava. El piso de Paige. Miró su reloj. Tal vez
aún no hubiera salido para irse a trabajar. Podría pasarse a saludarla y hacer planes para cenar aquella
noche. Le gustaría hacer mucho más, pero tenía que
ir a la oficina a informar a Nate sobre las negociacio-
nes y a seguir preparando la salida a Bolsa de la empresa. Su lugar estaba entre tiburones, accionistas e
informes financieros.

Aunque por otro lado... los negocios podían esperar. Volvió a mirar el reloj y el ascensor, como si bastara con poner los ojos en blanco para hacerlo bajar.

«Al diablo».

En tres zancadas llegó a la escalera y subió los escalones de dos en dos, impulsado por una descarga de adrenalina. El pulso le latía con más fuerza a medida que se acercaba al octavo piso. Corrió hacia la puerta de Paige y, antes de pensar dos veces en lo que hacía, se puso a aporrearla con el puño como si fuera un cavernícola.

Si conseguía saludar a Paige antes de comerle la boca tendrían que darle una medalla.

El sonido de unos pies descalzos arrastrándose por el suelo de madera le confirmó que estaba en casa y avivó el calor de su entrepierna.

—Paige —la llamó con impaciencia—. Soy yo.

Silencio. ¿Se habría imaginado las pisadas? Unos segundos después el pomo chirrió y la puerta se abrió lentamente.

Apenas había pasado una semana sin verla, pero el corazón le dio un vuelco ante la imagen de su hermoso rostro. Se sintió como si se hubiera lanzado desde lo alto de un edificio con la esperanza de que hubiera una docena de bomberos esperando abajo con una cama elástica.

Paige parpadeó al verlo. Se le había corrido el rímel, tenía el pelo alborotado y estaba colorada. Su aspecto era tan desaliñado y provocativo que Gabe tuvo que hacer un enorme esfuerzo para no cargársela al hombro y llevarla a la cama antes de saludarla siquiera.

Entonces bajó la mirada y...

¿Qué demonios?

# Capítulo 8

N O CREES que es demasiado temprano para ir tan elegante?

–¿A ti qué te parece? –espetó ella, tragando saliva dolorosamente.

–A mí me parece que llevas puesto un vestido de novia... ¿Es tuyo?

Ella esperó unos segundos y asintió. Parecía un cachorro al que le hubieran dado una patada. Como si fuera ella la que hubiese sufrido una conmoción y no el hombre con quien se estaba acostando y que acababa de regresar, tras pasarse una semana fuera, para encontrarse con una novia...

La mezcla de deseo salvaje, asombro y horror le impedía pensar con claridad.

–¿Lo llevas puesto porque...? –«¿has estado casada?», «¿vas a casarte hoy?», «¿tanto me has echado de menos?».

¿Era posible que, a pesar de todas las barreras que había levantado, de nuevo una mujer rubia hubiese sido más astuta que él? Quizá debería haber prestado más atención a las advertencias de Hitchcock... Le daría a Paige un minuto para explicarse. Dos, como máximo. Y, si no lo convencían plenamente las respuestas, se marcharía de allí.

–¡La cremallera se ha atascado! –exclamó ella, levantándose el pelo para mostrarle la espalda. Y un encaje de color crema con perlas incrustadas y...

Gabe levantó la mirada al techo.

–No me refiero a eso, sino a... ¿Por qué tienes un...?

–Oh, vamos. Sabías que tenía un vestido.

Gabe sacudió la cabeza, pero seguía completamente aturdido.

–¿Qué tenía que saber del vestido?

–Que existía. Que es mío. Que tengo un vestido de novia.

–Paige, es la primera vez que veo ese vestido, en serio.

–El día que nos conocimos –replicó ella, cruzándose de brazos–. Lo llevaba en el ascensor.

Gabe abrió la boca para decirle que era imposible, porque él jamás habría intentado nada con una mujer comprometida. Pero no podía creerse que Paige estuviese comprometida, de modo que volvió a cerrar prudentemente la boca sin decir nada. Paige no parecía estar de humor para tener una discusión. Más bien, parecía al borde de una crisis nerviosa.

No era exactamente el reencuentro que él se había imaginado. Pero no podía marcharse de allí y dejarla en aquel estado.

Se quitó el gorro, la bufanda y la chaqueta y lo arrojó todo en una mesa cercana. Acto seguido, y con un ligero temblor en las manos, la agarró por los brazos con cuidado de no tocar la tela. Entró en el apartamento y cerró la puerta con el pie.

–Paige, sinceramente, te digo que no recuerdo que llevaras este vestido aquel día.

–¿Le dijiste a Nate que casi te pillé los dedos con la puerta del ascensor y no recuerdas que llevaba una bolsa enorme con las palabras *Vestidos de novia a precio de saldo* en rosa?

–Sí, lo recuerdo muy bien –los grandes ojos azules. El pelo rubio y despeinado. Las interminables piernas. Las chispas en las paredes. El deseo que lo hacía olvidarse del jet lag–. Te recuerdo a ti.

Paige parpadeó con asombro y soltó una prolongada espiración, como si hubiera estado conteniendo el aire. Y Gabe no pudo impedir que sus ojos recorrieran aquel vestido que se ceñía a los costados y descendía por sus apetitosas curvas. Si un hombre con un esmoquin alquilado veía a una mujer como ella con un vestido así caminando hacia él por el pasillo de la iglesia, no tendría nada que objetar.

Pero él nunca sería ese hombre.

Le gustaba Paige. Era una chica inteligente y divertida y una salvaje en la cama. Pero si aquel vestido era una especie de señal, se estaba equivocando de hombre.

Él no era de los que se casaban. Ni siquiera de los que tenían una relación estable. Sus prioridades hacían imposible cualquier compromiso. Desde que podía recordar, sus ambiciones habían sido trabajar duro y hacer que su abuela estuviera orgullosa. Y, después de cometer su único y monumental error, se había volcado por entero en enmendarlo y se había jurado que nunca más volvería a repetirlo.

Se pellizcó el puente de la nariz. No podría ir a ninguna parte, ni a su casa, ni al trabajo, ni a cenar, ni siquiera a la cama de Paige, hasta que dejaran muy claro aquel detalle.

Retiró lentamente las manos y se las metió en los bolsillos de los vaqueros mientras daba un paso atrás.

—Siéntate —le ordenó, señalando con la barbilla la mesa de la cocina.

Ella obedeció y también él se sentó, aunque lo bastante lejos para no tocarla.

—¿Te importa explicarme de qué va todo esto?

—¿De verdad quieres saberlo?

—Más de lo que imaginas.

—Muy bien —accedió ella—. Fui con Mae a buscar su vestido de novia. Vi este vestido por casualidad y sentí que tenía que ser mío. Pero no porque tuviera el menor deseo de casarme. No soy de esas chicas que se mueren por encontrar marido. Al contrario. Puedes estar tranquilo.

—De acuerdo —dijo él, aunque estaba muy lejos de sentirse tranquilo.

Paige bajó la mirada y un mechón le cayó sobre el rostro.

—Pero la verdad es que el compromiso de Mae me ha afectado más de lo que creía. Siempre habíamos sido inseparables... pero ahora parece que la he perdido. Desde que anunció su boda no he vuelto a ser yo. Es como si hubiera perdido el interés por todo: por Mae, por el trabajo, por los hombres... —lo miró a los ojos—. Tú eres el primer hombre con el que estoy desde entonces.

El énfasis con que pronunció la palabra «estoy» hizo que Gabe se removiera en la silla, lo que casi hizo sonreír a Paige.

–Mae tiene una teoría de por qué compré el vestido, y tiene más sentido que pensar que estoy celosa de ella. Opina que lo compré porque te deseaba a ti, y un segundo después apareciste en el ascensor.

–¿Que me deseabas a mí, has dicho?

Ella se encogió ligeramente de hombros.

–Bueno, no a ti en particular. A un hombre que... A un hombre, en definitiva.

A Gabe se le secó la garganta, pero enseguida empezó a salivar y tuvo que pegarse a la silla para no abalanzarse sobre Paige y darle lo que Mae creía que necesitaba.

Paige se recostó en la silla, lo miró fijamente a los ojos y Gabe supo que no estaba bromeando. Si hubiera sido cualquier otro hombre el que entrase en el ascensor en aquel preciso momento, sería ese hombre el que estuviera allí sentado, ardiendo de deseo ante aquellos ojos azules.

Ni hablar. No habría sido igual. Lo que había entre ellos era química pura. Una atracción que solo se daba una vez entre un millón y por la que valía la pena sobrepasar los límites. De otro modo, no estaría sentado frente a una mujer vestida con un traje de novia.

Se inclinó hacia delante sin apartar la mirada de sus ojos.

–Y ahora que has encontrado a un hombre... ¿cómo lo llevas?

Paige arqueó una ceja y se pasó una mano por las curvas recubiertas de encaje.

–¿A ti qué te parece?

–¿Te lo pruebas cada mañana?

–¡Claro que no! Esta es la primera vez que me lo pruebo. No tenía la menor intención de que me encontraras de esta guisa. Es una pesadilla, ¡y no sé qué estás haciendo aquí cuando deberías estar en cualquier otro sitio!

Cierto. La ayudaría a quitarse el vestido y luego se marcharía. A casa. A la oficina. A poner distancia entre ellos para poder pensar.

Se levantó y le hizo un gesto con los dedos.

–Vamos.

–¿Qué?

–Has dicho que se te había atascado la cremallera.

–Así es. Y por más que tiro, no cede.

–Déjame probar a mí.

Paige se levantó y se dio la vuelta. Y Gabe tragó saliva al pensar en quitarle el traje de novia a una mujer hermosa. Se obligó a concentrarse en su tarea y encontró un clip que se había introducido por el ojo de la cremallera. Su tensión se alivió un poco. Al menos ya podía estar seguro de que había intentado quitarse el vestido. Pero ¿y en cuanto al resto?

Todo el mundo tenía debilidades, y la de Paige parecía ser una combinación de encaje y perlas.

–¿Necesitas que me mueva? –le preguntó ella. Se levantó el pelo de la nuca y el olor de su champú envolvió a Gabe por primera vez en muchos días.

Agarró la cremallera y sus dedos le rozaron la piel. Sintió como tensaba los músculos de la espalda por el ligero roce.

–¿Quieres que te quite esto o no? –le preguntó con voz áspera mientras la sangre se le concentraba en la entrepierna.

–Sí.

–Entonces deja de moverte.

Ella se quedó muy rígida y durante unos segundos solo se oyó el crujido del satén sobre su piel mientras la cremallera se negaba a ceder. A pesar del atuendo nupcial, la lujuria que invadía a Gabe no dejaba de crecer. ¿Cómo era posible que la deseara tanto? Podría ser peligroso, si alguno de los dos olvidara cuáles eran los límites de la relación.

–¡Cuidado! –exclamó ella cuando el ruido de la tela al estirarse rompió el silencio. La cremallera cedió finalmente y Paige se recogió el vestido contra el pecho, pero no antes de que Gabe atisbara un sujetador negro de encaje y un tanga a juego.

Ella se giró y alzó la vista hacia él. Sus ojos se encontraron, ella se mordió el labio y Gabe supo que no iba a irse a ninguna parte.

Medio segundo después, Paige había soltado el vestido y estaba en brazos de Gabe, aferrándose a él con todas sus fuerzas mientras la besaba en la boca y el cuello y le mordisqueaba el lóbulo de la oreja. La posó en la mesa, sobre su chaqueta y su bufanda. Con la piel sonrosada, el pulso latiéndole frenéticamente en el cuello, los labios humedecidos e hinchados y los ojos despidiendo llamas de deseo. Paige lo agarró por el cinturón y tiró de él para colocárselo entre las piernas y rodearlo con los muslos mientras le desabrochaba impacientemente los vaqueros. Él gimió y enterró la cara en sus pechos para llenarse con su fragancia femenina. Le agarró un seno y ella se arqueó en la mesa. El sudor le resbalaba por el torso y Gabe siguió el hilillo de humedad con la boca hasta el ombligo. Le mordió la cadera y ella le agarró el pelo cuando recorrió con el pulgar la tira de encaje negro.

Aferrándose a los restos de su autocontrol, le separó los muslos y la besó en el triángulo del tanga. Ella se tapó los ojos con un brazo y separó aún más las piernas, y él apartó la minúscula prenda para saborearla y lamerla libremente y sin obstáculos. Ella se retorció de placer y le suplicó que no se detuviera, y Gabe no se detuvo. La llevó a un orgasmo tan intenso que casi explotó con ella.

Le costó Dios y ayuda encontrar un preservativo en su cartera, y aún más ponérselo y esperar sobre ella a que sus miradas se encontraran. Solo entonces se introdujo en su calor aterciopelado y empujó hasta el fondo. Sus músculos internos lo rodearon y estrujaron como nada que hubiera experimentado antes. Paige se agarró a la mesa con una mano y a su cadera con la otra, y respiró entrecortada y jadeantemente. El placer envolvió a Gabe y lo arrastró al orgasmo mientras cerraba con fuerza los ojos y gritaba el nombre de Paige.

Poco a poco, fue recuperando la conciencia, y fue como si aquel acto rápido y salvaje hubiera soltado algo en su interior. Miró a Paige a los ojos y volvió a excitarse al ver su expresión líquida y saciada. Ella le sonrió y estiró los brazos sobre la cabeza para dejarlos colgando sobre el borde de la mesa.

Pero en sus ojos se advertía algo más. Un atisbo de esperanza. De ilusión. Una señal de que se estaba implicando mucho más que él en aquella aventura.

—¡Santo Dios! ¿Qué hora es? —gritó ella de repente,

y se levantó de un salto para correr hacia lo que debería ser su dormitorio.

Dos minutos después volvió a salir, vestida con
unos pantalones negros ceñidos, una camiseta negra, unas botas negras y una chaqueta gris. Sujetaba
una horquilla en los dientes mientras se recogía el
pelo en lo alto de la cabeza.

—Tengo que darme prisa. Es tardísimo y tengo una
reunión muy importante. Es mi última oportunidad
para convencer a Callie de que me permita hacer el
catálogo en Brasil.

Gabe la agarró de la mano cuando ella pasaba co-
rriendo junto a él. Paige lo miró con las cejas arqueadas. ¿Cómo podía decírselo de un modo delicado?

—De niño nunca jugué a las bodas ni me disfracé
de novio... Solo para que lo sepas.

Ella ladeó la cabeza y sonrió.

—Es bueno saberlo. Y, teniendo en cuenta tus vastos conocimientos sobre la filmografía de Doris Day,
cualquiera pensaría que jugar a los novios era ir demasiado lejos.

Gabe se tragó una palabrota. Menuda chica que
había encontrado. ¿O era ella la que lo había encontrado a él? En cualquier caso... Volvió a maldecir en
silencio.

—¿Te veré esta noche? —le preguntó ella.

Él asintió, y ella le dio un beso en los labios. Un
beso casero, pensó Gabe, sin saber cómo sentirse.
Pero, entonces, ella le deslizó una mano por el pelo
e intensificó el beso hasta hacer que la sangre volviera a hervirle en las venas. Lo estuvo besando un

largo rato antes de apartarse y soplar hacia arriba para apartarse un mechón de la frente.

–Bienvenido a casa. Cierra cuando salgas –se despidió con una sonrisa y se marchó.

El portazo resonó en el apartamento y Gabe miró a su alrededor. Era la primera vez que estaba en casa de Paige. Muebles claros. Montones de libros, casi todos de recetas. Ningún cuadro en las paredes, solo fotos ampliadas y enmarcadas de sus viajes, en compañía de Mae y de una mujer rubia y atractiva que debía de ser su madre.

El resto era elegante, cálido y acogedor, no tan recargado como él se había imaginado al conocer su trabajo y su gusto por los cojines. Era un sitio para vivir, no una sala de exposiciones. Era ella. Y Gabe tuvo la impresión de que, si Paige invitaba a alguien a su casa, era como si lo estuviese invitando a entrar en su vida...

Una extraña y desagradable sensación se apoderó de él. Paige nunca lo había invitado a su casa. Él había tenido que aporrear su puerta como un energúmeno para que lo dejara entrar.

Había creído ser él quien marcaba el ritmo de aquella relación. Pero, desde el primer día, había sido ella la que imponía sus condiciones. Y él se lo había permitido porque así era más fácil. Y excitante.

Agarró sus cosas y abandonó el apartamento. Mientras esperaba el ascensor se dijo que no debería importarle un bledo cuándo y dónde se vieran, puesto que lo suyo solo era una aventura pasajera y nada más.

Pero la bola de cemento que se le había formado en el estómago era la prueba de que sí le importaba.

Y mucho.

# Capítulo 9

GABE se sentó tras la reluciente mesa de su vasto y austero despacho en Bona Venture, pero estaba demasiado irritado para concentrarse en el papeleo. El color de las paredes lo ponía de los nervios, aunque por nada del mundo volvería a consultar una página web de decoración. Ya había tenido bastante con lo que hizo para la fiesta...

Permaneció sentado, malhumorado y pensativo. Si el apartamento de Paige reflejaba su verdadera personalidad, ¿qué imagen daban de él aquel despacho y su apartamento, que su mejor amigo creía que le resultaban cómodos?

Se tapó la cara con las manos y se frotó las sienes con los pulgares. ¿Desde cuándo había querido sentirse cómodo? Su intención siempre había sido causar buena impresión. De todas las maneras posibles y en cualquier momento. No había nada como perder a los padres a una edad temprana para comprender que cada segundo podía ser el último.

Y aquello lo había llevado a una vida errante y despreocupada en donde lo único que permanecía era su cama.

Era duro admitirlo. Pero ¿tenía derecho a querer

cambiar las cosas después del éxito que había cose-
chado?

Nate entró en el despacho seguido por su ayudante, que portaba una bandeja con café y dónuts.

–Dime que ya está todo listo –le exigió Gabe.

–Te mentiría si te lo dijera –repuso Nate. La ayudante dejó la bandeja y se marchó velozmente.

–He leído todo lo que me has hecho leer y he es-
cuchado a una docena de expertos. No sé qué más
puedo hacer. ¿Quieres que me reúna con una mujer
barbuda o con un mono con gafas para convencerte?

Nate se acomodó en el sobrio sillón de cuero frente
a la mesa.

–Parece que el tiempo que has pasado fuera no te
ha servido para nada... Sigues siendo un resentido.

Gabe lo fulminó con la mirada, pero se sorprendió
al ver la expresión de su amigo. Nate parecía cansado, envejecido, como si los años y el trabajo le hubieran pasado factura. Y Gabe se sentía en parte cul-
pable de ello.

–Llevo trabajando ocho meses en esta operación
–dijo Nate mientras se frotaba las bolsas de los ojos–.
Lo único que te pido es un poco de tiempo para ponerte al día.

–No creo que haya estado de brazos cruzados todo
este tiempo.

Nate levantó la vista hacia el techo.

–Lo sé, pero no puedo hacer esto yo solo. Bueno,
en realidad sí que puedo, pero no quiero hacerlo solo.
Cuando creamos esta empresa todos pensaban que
estábamos locos. Pero nosotros sabíamos lo que ha-
cíamos. Y fue muy emocionante, incluso en los años

difíciles. Mira todo lo que hemos conseguido. Mira a Alex. Sin nosotros no habría llegado a ser el chico maravillas. Mira la página web de Harry. Y a los gemelos McDumbass...

A Gabe se le contrajo el pecho. Nate tenía razón. Había sido una experiencia muy positiva en todos los aspectos. Desde el principio, se habían dejado llevar por el instinto y el resultado no podría haber sido mejor, salvo la única vez que Gabe se equivocó...

Apoyó las palmas en la mesa.

–Habíamos acordado que yo me ocuparía de los estudios de mercado y tú de las relaciones sociales.

–Viejo... –dijo Nate con una sonrisa irónica–, dejé que te sacrificaras por el bien de la empresa porque, con tu exagerado sentido de la justicia, si te hubiera pedido que te quedaras no habrías durado ni un minuto.

Era cierto, absolutamente cierto. La voz de su abuela resonó en su cabeza: «Trabaja duro y hazme sentir orgullosa». Toda su vida se había regido por aquellas palabras. Y se sentía como si nunca hubiera dejado de pagar por el único error que cometió en su carrera.

Frustrado, empujó el montón de papeles que tenía en la mesa y estos cayeron al suelo. Los dos se quedaron mirándolos, sin que ninguno hiciera ademán por recogerlos.

–La elección es muy simple –dijo Nate–. Sacamos la empresa a bolsa o no. La vendemos y nos hacemos más ricos de lo que nunca hubiéramos soñado o nos la quedamos.

–¿Lo echamos a cara o cruz? –sugirió Gabe.

Nate apretó duramente la mandíbula.

–Si es así como quieres tomar la decisión, allá tú. Pero tienes que decidirte. A mí esto ya no me divierte. ¿Y a ti? ¿Cuándo fue la última vez que disfrutaste con esto?

–Tienes razón –admitió Gabe, sintiendo un doloroso nudo en el estómago. Quería marcharse de allí y no volver jamás, y sabía que podía hacerlo.

Pero algo lo retenía. Ya fuera su sentido de la justicia y moralidad o algo más difícil de definir.

–Salgamos a tomar una copa –propuso Nate–. Hablaremos de esto más tarde. No hay prisa.

–¿Que no hay prisa, dices? ¡Pero si no dejas de presionarme para que tome una decisión!

Nate tensó los hombros de camino a la puerta, y Gabe lo comprendió todo de repente.

–¿Pensabas que si me retenías aquí el tiempo suficiente empezaría a darme cuenta de todo lo que había dejado atrás y me quedaría definitivamente?

Nate se volvió y le dedicó una triste sonrisa.

–Sí, así es. Es hora de que vuelvas a casa. Porque, o llevamos los dos el timón de la empresa, o yo me bajo del barco.

Gabe pensó en todo lo que había supuesto volver a casa. El vuelo nocturno. Tener que dormir en el suelo de su apartamento. Los recuerdos, buenos y malos, acosándolo en cada esquina. El frío invernal que no dejaba de azotarlo, salvo cuando estaba con Paige...

Paige.

Ella había sido su único consuelo en medio de la tormenta. El tiempo que pasaba con ella era lo único que le había impedido explotar. O subirse a un avión en mitad de la noche y largarse para siempre. O advertir las verdaderas motivaciones de Nate.

–¿Y bien, amigo? –la voz de Nate interrumpió sus divagaciones–. ¿Nos quedamos con la empresa y la llevamos juntos? ¿O nos hacemos más ricos que el rey Midas y nos olvidamos de ella? –abrió la puerta y salió mientras hablaba–. Date prisa. Las copas no esperarán todo el día.


Paige miraba por la ventana del Rockpool Bar and Grill. Las luces de la ciudad destellaban sobre su reflejo en el cristal. No recordaba haber estado nunca tan relajada en una primera cita. Era como si la revelación que había tenido aquella mañana sobre las sensaciones que le provocaba el compromiso de Mae hubiese desbloqueado algo en su interior.

Gabe debería haber salido despavorido cuando ella le abrió la puerta con el traje de novia. Pero se había quedado, la había dejado explicarse y la había ayudado a quitarse el vestido. Era un caballero. Un hombre intrépido y generoso. Fuerte y maduro. Un hombre tan seguro de sí mismo y de lo que quería que jamás la habría invitado a salir si no deseara hacerlo.

Cuando aquella tarde se presentó en su apartamento vestido con unos vaqueros negros, unas botas limpias y una chaqueta a medida sobre una camisa gris, según su criterio particular sobre la elegancia, ella se había sentido tan plena que tuvo que emplearse a fondo para ofrecer una imagen normal. Pero él no la hacía sentirse normal. La hacía sentirse segura. Todo un cambio para alguien que se había pasado la vida esperando lo inevitable.

Respiró profundamente y se llenó con el delicioso olor de la carne a la parrilla mientras paseaba la mirada por las mesas negras y los cuadros de ganado que colgaban de las paredes. Gabe estaba cerca del bar, hablando por teléfono. Se guardó el móvil en el bolsillo y buscó a Paige con la mirada. Y a ella le dio un vuelco el corazón como le ocurría siempre que se encontraba ante aquellos ojos.

—Lo siento —se disculpó él mientras se sentaba frente a ella—. Cosas del trabajo...

Ella se encogió de hombros sin darle importancia. Se alegraba de estar allí con un hombre al que admiraba y respetaba. Había echado de menos su compañía, su conversación y todo lo demás mientras él estaba fuera. Pero había sobrevivido.

—¿Has elegido el postre? —le preguntó él mientras hojeaba el menú.

—¿No vas a mirar antes los entremeses?

—Nunca. La regla es pedir solo los platos que te permitan comer el postre elegido.

—No me explico cómo te conservas tan bien comiendo como comes.

Él la miró con una media sonrisa.

—Dios me quiere.

—Desde luego —corroboró, y ahogó un gemido cuando él le sostuvo la mirada un segundos más, antes de volver a los postres y sonreír de oreja a oreja.

—Aquí están... Dónuts. Crema de limón con vainilla, manzana y helado.

Elegido el postre, pasó a la selección de carnes y

Paige apoyó la mejilla en la mano para contemplarlo. La camisa gris se ceñía a sus anchos hombros. Las bombillas doradas arrancaban destellos en su pelo oscuro y proyectaban sombras bajo sus pómulos. Pero las sombras bajo los ojos no se debían a la iluminación... Era evidente que había tenido un día duro y agotador en el trabajo y, sin embargo, allí estaba.

Gabe levantó la vista del menú, la sorprendió mirándolo y arqueó las cejas.

–¿Qué tal el trabajo? –le preguntó ella, desviando la mirada hacia el vino–. ¿Cómo van esos planes secretos que te traes entre manos?

Él apretó la mandíbula y miró el menú con el ceño fruncido.

–Bastante bien.

–¿Has acabado lo que viniste a hacer?

Gabe cerró el menú y agarró su copa sin mirar a Paige.

–Aún no.

A Paige se le puso la carne de gallina y se frotó el brazo desnudo.

–¿En qué estás trabajando exactamente?

–No puedo hablar de ello.

–¿Por qué no? ¿Qué eres, un espía o algo así?

Los labios de Gabe se curvaron en un atisbo de sonrisa.

–No, pero mi trabajo puede ser muy... delicado.

Paige lo miró fijamente a los ojos en busca de un destello, una chispa, algo que le dijera que estaba bromeando. Pero se encontró con un muro infranqueable.

–Te dedicas a las inversiones, ¿no?

Él tardó tanto en asentir que ella pensó que no iba a contestar.

–Reconozco que hace mucho tiempo que no tengo una cita. Pero, si la memoria no me falla, la gente suele hablar de sus trabajos. Así que empezaré yo... Después del catálogo brasileño de verano nos inspiraremos en París para el catálogo de otoño. Tu turno.

Sabía que lo estaba presionando, pero ella le había confesado cómo se sentía por lo de Mae, algo extremadamente personal que le había supuesto un enorme acto de fe. Lo menos que podía esperar de él era una confianza similar, pero él se estaba comportando de un modo insensible y egoísta.

Metió los pies bajo la silla, dispuesta a arrojar al suelo la servilleta y largarse de allí antes de hacer una estupidez, como ponerse a llorar.

–Mi trabajo no es un juego, Paige. No consiste en decorar salones con trapitos y cojines. Hay mucho dinero en juego. Y también el futuro de cientos de personas.

«Decorar salones con trapitos y cojines». Paige apretó los dedos sobre la mesa para no arrojarle el contenido de su copa.

–Muy bien, pero eso no explica tu silencio sobre el tema.

–Compartir información privilegiada puede tener consecuencias muy graves. Tengo que ser extremadamente precavido con quién hablo sobre mis negocios.

Era una explicación tan absurda que Paige se echó a reír. Pero entonces recordó algo.

–¡Mae! ¿Es por el chiste que hizo en el Brasserie aquella noche sobre tus inversiones?

–No me parece que sea una persona muy discreta –repuso él.

Paige no daba crédito a sus oídos. Gabe se estaba comportando como un imbécil, y ella... se sentía la mayor estúpida del mundo.

–Disfruta de tu postre –espetó mientras se levantaba. Agarró su bolso y arrojó veinte dólares en la mesa por las bebidas–. Llámame cuando hayas acabado. Te mantendré caliente tu lado de mi cama –añadió, y salió del restaurante cegada por la ira, el dolor y la humillación.

Gabe permaneció sentado a la mesa, acabando su bebida a pesar de que le sabía terriblemente amarga. Tenía intención de quedarse allí hasta acabar la cena. Al fin y al cabo, había dónuts de postre. Pero, entonces, vio los dos resguardos del guardarropa sobre la mesa, lo que significaba que Paige se había marchado sin el abrigo. Su arrebato podía costarle muy caro si no se protegía del frío en una noche helada.

–Maldita sea –masculló. Dejó doscientos dólares en la mesa, detuvo al camarero más cercano, le puso los resguardos en la mano y le ofreció cincuenta dólares si le llevaba los abrigos en medio minuto.

No podía negar que estaba furioso por la forma en que se había marchado Paige. Todo lo que él le había dicho era cierto, pero ni siquiera se había molestado en calmarla al advertir que estaba enfadada. Solo porque la necesidad de contarle lo que ella quería saber era demasiado fuerte. Después del encuentro con Nate, el deseo por saber la opinión de Paige y por ver

el embrollo a través de sus ojos azules era casi irresistible.

No era la primera vez que se veía en aquella situación, desesperado por abrirse a alguien. Había perdido a su abuela justo antes de conocer a Lydia y se
había volcado en ella en busca de consuelo y com-
prensión. Y, de nuevo, se encontraba en una encruci-
jada. Estaba a punto de perder su empresa, el trabajo
de su vida, y otra vez se apoyaba en una mujer. Una
rubia atractiva y sexy que lo hacía todo mucho más
complicado.

Salió del restaurante con los abrigos, atravesó rápidamente el complejo del Crown Casino y se alivió
al verla en el vestíbulo de mármol, dirigiéndose hacia
la calle. Habría sido imposible que pasara desaperci-
bida con aquel vestido rojo que dejaba un hombro al
descubierto, con un volante y un corte en el costado.

La alcanzó en la parada de taxis y le echó rápidamente el abrigo sobre los hombros. Ella no se in-
mutó, como si supiera que iba a seguirla. Un taxi se
detuvo ante ellos y Gabe abrió la puerta. Paige se subió y él la siguió.

–¿Adónde? –preguntó el taxista.

–Conduzca –le ordenó Gabe. El taxista no replicó.
Puso el taxímetro en marcha y se internó en el tráfico
de la calle, silbando por lo bajo.

Paige se abrochó el cinturón y miró por la ventana. La luz de la luna se reflejaba en sus cabellos y
las farolas dibujaban formas y colores en las curvas
de su vestido rojo. Se le había subido hasta la mitad
del muslo, tentando a Gabe con la imagen de sus
piernas, pero las mantenía cruzadas y alejadas de él.

–Paige, mírame.

Ella negó con la cabeza y se irguió aún más en el asiento. Gabe recordó su expresión de dolor al marcharse del restaurante y tuvo que contenerse para no golpear el asiento del taxista. Cerró los ojos y rezó para pedir ayuda. Hacía mucho que no le pedía ayuda a nadie. Estaba acostumbrado a hacerlo todo a su manera, pues no tenía otra elección. Pero aceptaría toda la ayuda divina que pudiera recibir para conseguir que Paige lo escuchara.

La única ayuda que recibió fue una voz interior diciéndole que se ayudara a sí mismo.

–Me he portado como un imbécil en el restaurante.

Le pareció ver que tragaba saliva y se giró hacia ella.

–Un completo imbécil, egoísta e insensible.

El silencio se alargó entre ellos, hasta que Paige se volvió a medias hacia él.

–Sí.

Bueno, al menos le hablaba. ¿Qué más quería de ella? No lo sabía, pero la idea de perderla justo cuando las cosas se ponían tan difíciles en Bona Venture le oprimía el pecho.

Ella expulsó el aire lentamente y habló con la serenidad que Gabe tanto necesitaba en aquellos momentos.

–No tienes ni idea de los secretos que he guardado en mi vida.

Gabe alargó el brazo sobre el respaldo del asiento.

–¿Como cuáles?

Ella miró al taxista, que estaba cantando *O sole*

*mío* a pleno pulmón. Curvó sus rojos labios en una sonrisa y frunció el entrecejo.

–Los más importantes ya no son secretos. Cosas de mis padres. Mi padre siempre estaba con otras. Mi madre lo sabía, yo lo sabía, y fingíamos que no pasaba nada para vivir tranquilamente. Pero la situación era angustiosa, insufrible, y fue mucho mejor para todos que la verdad saliera a la luz.

Gabe la observó atentamente. Sus padres habían muerto siendo él demasiado pequeño para saber lo que significaba una relación de amor y confianza. Su abuela intentó inculcarle unos valores mínimos de moralidad, seguramente, con la esperanza de que él descubriera el resto por sí solo. Pero no había aprendido nada.

–No importa –dijo Paige–. No tienes que contarme nada de tu vida si eso te hace sentir incómodo, de verdad –pero la expresión de su bonita boca decía todo lo contrario.

Dejarlo subir al taxi con ella había sido su manera de ofrecerle una segunda oportunidad. Y él no iba a desperdiciarla. Era difícil hablar de su pasado, pero si tenía que elegir entre hablar o despedirse...

–Cuando te dije que compartir información privilegiada tenía graves consecuencias, hablaba por experiencia. En una ocasión hablé más de la cuenta y casi me costó todo lo que tenía. Entenderás por qué necesito tener cuidado con ciertas cosas.

–¿Qué ocurrió?

Sus grandes ojos azules lo atraían como el canto de una sirena, venciendo toda resistencia.

–Una mujer... Rubia –Paige se enrolló un mechón

dorado en un dedo–. No –se apresuró a añadir él, respondiendo a su pregunta tácita–. No era como tú.

–¿Una novia? ¿Esposa? ¿Amante?

–Una amiga con derecho a roce.

–Entonces sí se parecía un poco a mí –observó ella con una tímida sonrisa.

–No, a menos que te presentes como miembro de una empresa en la que tenga previsto invertir y al mismo tiempo estés espiando para la competencia.

–Vaya...

–Mi rival filtró nuestra relación a la Comisión de Seguridad Australiana, lo que llevó a una investigación.

Desvió la vista hacia la ventana. Había empezado a llover. Las luces de la ciudad se reflejaban en el negro asfalto y el sonido de los neumáticos sobre la superficie mojada ejercían un efecto extrañamente relajante.

–Al final se aclaró todo, pero esa clase de publicidad no se olvida.

–¿Por qué lo hizo?

–Por dinero, y por hacerme parecer un incompetente o un criminal. Un año después me escribió, explicándomelo todo. Su marido la había abandonado y había desaparecido con sus hijos y sus ahorros. Necesitaba el dinero para encontrarlo.

–Estaba desesperada –dijo Paige.

Gabe se giró y vio que sus rodillas estaban a escasos milímetros de las suyas. Se fijó en la sombra bajo la tela roja en sus muslos y se le formó un nudo en el pecho.

–¿No pasan este tipo de cosas en tu empresa de decoración?

Ella se movió ligeramente y él tuvo que agarrarse al asiento para no deslizar la mano por su muslo.

–Una vez creíamos que nos habían robado las imágenes de un catálogo. Pero al final resultó que la chica en prácticas había metido un virus en el sistema al descargarse una versión pirata del videojuego *Angry Birds*.

–No es lo mismo –murmuró él.

El taxista acabó su canción y, en el silencio, que siguió solo se oía la rítmica respiración de Paige.

–Estábamos en lo más alto cuando sucedió aquello –dijo Gabe–, y, de la noche a la mañana, nos vimos al borde de la quiebra. Nate tuvo que vivir a base de sándwiches, y yo de las migas que iba dejando. Al final decidí retirarme, dedicarme a invertir por medio mundo y así darle una oportunidad a Bona Venture. Desde entonces, he estado viajando.

–¿Cuánto tiempo hace de eso?

–Siete años.

–Más o menos cuando murió tu abuela Gabriella –dijo ella. No era una pregunta.

–Sí.

–¿Cuántos años tenías? ¿Veintipocos? Eras demasiado joven para enfrentarte a una cosa así –guardó un breve silencio, pensativa–. ¿Bona Venture Capital? ¿Los patrocinadores del campeonato de tenis? ¿Y de las carreras de la Melbourne Cup?

Gabe asintió.

–Pues parece que, hicieras lo que hicieras, tuvo éxito –dijo ella–. Perdiste tu zapatilla de cristal, pero la volviste a encontrar –le sonrió y sus ojos brillaron con aquel peculiar matiz azul que solo adquirían cuando lo miraban a él.

Gabe sintió una punzada en las costillas y le hizo otra confesión antes de poder detenerse:

—Vamos a sacar la empresa a bolsa. Por eso he vuelto.

Se preparó para sentir la familiar punzada en las entrañas, pero no fue así. Lo que sintió fue como si la garra de hielo que le llevaba atenazando el pecho desde que podía recordar se abriera y lo liberara de su angustiosa opresión.

—Pues ahí lo tienes. Tu final feliz —dijo ella alegremente, sin sospechar lo que él le había dado. O lo que se había dado a sí mismo—. Supongo que de esto ni una palabra a nadie, ¿verdad? Y menos a Mae.

—Paige, sobre eso quería decirte que...

—Oh, cállate. Es la mayor bocazas de Australia, pero eso solo puedo decirlo yo, ¿entendido? Y gracias por habérmelo contado.

Entonces, como si fuera lo más natural del mundo, se inclinó hacia él y lo besó. Sus labios eran cálidos y dulces, y el roce de su lengua hizo que todo el cuerpo le prendiera en llamas.

Al retirarse, lo miró a los ojos y le sonrió. Se desabrochó el cinturón y se deslizó sobre el asiento para apoyarse en su hombro. Él la abrazó y se dejó envolver por su dulce fragancia mientras le daba al taxista la dirección en Docklands, en un tono apremiante para que pisara el acelerador.

El trayecto transcurrió en silencio. Gabe contemplaba cómo iban pasando los edificios familiares. Siempre había pensado que Melbourne ofrecía su mejor aspecto bajo la lluvia, cuando el agua le sacaba lustre a las oscuras construcciones. Aquella noche la ciudad relucía para él, como las caras de una joya.

Y, por primera vez en mucho tiempo, sin el peso de los secretos sobre sus hombros, se permitió pensar en el futuro con ilusión.

Gabe acompañó a Paige hasta la puerta de su apartamento y esperó, con las manos en los bolsillos, mientras ella abría. No quería romper la paz que se respiraba tras la agitada velada.

Paige se volvió hacia él, con la puerta entreabierta, y le puso una mano en el pecho.

—Una pregunta más...

—Dispara.

—La mujer que te causó tantos problemas... ¿Era rubia natural?

Gabe se rio.

—¿Lydia? —por primera vez podía pronunciar aquel nombre sin que se le revolviera el estómago—. Creo que no.

—Pues ahí estuvo el problema —dijo ella—. En el futuro deberías limitarte a rubias naturales.

—Lo tendré en cuenta.

Permanecieron en silencio unos instantes, mirándose. Gabe no fue consciente del tiempo transcurrido, perdido en aquellos ojos azules y en la sensación que le había dejado la mano en el pecho.

Finalmente, ella se hizo a un lado.

—¿Entras?

Después de todo lo que había pasado, Gabe pensó

si no sería mejor darle un beso de buenas noches y marcharse a la cama, para que ambos pudieran asimilar las confesiones que habían compartido.

Pero, un segundo después, había cruzado el umbral y la estaba besando apasionadamente, hundiendo la mano en sus rubios cabellos y pegándose a ella todo lo que permitían sus ropas.

Al fin lo había invitado a su casa.

# Capítulo 10

AL DÍA siguiente, Gabe irrumpió en el despacho de Nate a las ocho en punto de la mañana.

—¡No vendemos!

Nate alzó la vista desde una esterilla, junto a la ventana, donde estaba contorsionando los brazos y piernas de manera grotesca.

—Lo siento —se disculpó Gabe, apartando la mirada—. Volveré cuando no estés haciendo... eso.

Nate se levantó y secó el sudor de la frente con la mano.

—Es yoga. Estupendo para el estrés. Deberías probarlo.

Gabe se sentó en un sofá amarillo y miró a su alrededor.

—¿De qué tienes tú estrés?

—¿Vas a decirme el motivo de esta inesperada visita?

—No saques la empresa a bolsa. No la vendemos.

Nate se sentó en el borde de la mesa y miró fijamente a Gabe.

—¿Por qué no?

—Me he pasado toda la noche releyendo los contratos —o al menos la mitad de la noche. La primera mitad se la había pasado en la cama de Paige.

Le había costado dejarla, pero el deber lo llamaba. De modo que le dio un beso de buenas noches y se marchó a su apartamento, donde se mantuvo despierto a base de café hasta leer todo el papeleo.

—Necesitaba comprender lo que habíamos conseguido y lo que íbamos a abandonar. ¿Cómo vamos a renunciar a todo esto después de lo que hemos trabajado para llegar hasta aquí?

—Muy bien –aceptó Nate. Rodeó la mesa y agarró el teléfono para llamar a su secretaria y decirle que avisara a John en cuanto llegase–. Entonces... ¿vas a quedarte?

—Sí.

Nate sonrió de oreja a oreja, y no hubo más que discutir. Eran dos amigos, dos socios tomando una decisión que marcaría el curso de sus vidas. Fue hacia la pared del fondo, donde había un bar escondido en el interior de una librería. Como el que tendría Rock Hudson en su casa en alguna película de Doris Day. A la abuela de Gabe le habría encantado.

Gabe aceptó la cerveza de importación, a pesar de ser las ocho de la mañana, y los dos hombres brindaron antes de tomar un largo trago. Las burbujas descendieron por la garganta de Gabe, llenándolo con un frescor estimulante.

—Habría sido más dramático si hubieras esperado a la reunión con la Comisión de Seguridad –comentó Nate–. Está prevista para las nueve. ¿Has leído alguno de los informes internos que te envié estas últimas semanas?

—Pensé que si había algo importante me lo harías saber.

Nate se frotó la nuca.

–¿Me puedes decir otra vez por qué quería que volvieras?

–Por mi personalidad triunfadora.

Nate arqueó las cejas con expresión incrédula y los dos siguieron bromeando e insultándose mutuamente mientras bebían una cerveza tras otra. Cuando el abogado de Bona Venture les llamó media hora más tarde, Gabe se rio como hacía mucho que no se reía escuchando como al pobre tipo se lo llevaban los demonios. Y se preguntó por qué no habría vuelto antes a casa.

Paige cruzó las pesadas puertas de cristal de Ménage à Moi y se protegió los ojos con la mano contra el centelleo de la araña de colores que colgaba del techo. La gruesa moqueta de color crema absorbía el ruido de sus tacones de camino a su despacho.

Estaba hecha un lío. Hacer el amor con Gabe durante gran parte de la noche solo era la mitad del problema, pues no había pegado ojo desde que él se marchara. Después de la agitada cita, el trayecto en taxi y la pasión nocturna, sentía la imperiosa necesidad de meter todas las emociones, miedos y esperanzas en una caja fuerte y tirar la llave. Si no controlaba sus sentimientos, estos acabarían por controlarla a ella.

«Maldita sea, maldita sea, ¡maldita sea!».

Susie, su secretaria, dio un respingo en su mesa y Paige se percató de que había dicho la última maldición en voz alta. ¿Cuándo aprendería a dejar de hacer eso

–Buenos días, jefa. Le han traído una cosa –le dijo, y se levantó para correr a abrir la puerta del despacho–. Mire.

Como para no ver el jarrón con el gigantesco ramo de flores que había en su mesa... Agarró la tarjeta y la abrió con dedos temblorosos. El mensaje era muy escueto, y no era de Gabe.

*Te debo una*. Firmado por Nate Mackenzie.

¿El socio de Gabe? ¿A santo de qué le daba las gracias?

De repente lo comprendió. La única vez que hablaron él le había pedido un favor: que usara su influencia sobre Gabe para conseguir que se quedara.

Una peligrosa chispa de esperanza prendió en su interior.

–Gracias, Susie.

Su secretaría salió del despacho y cerró la puerta. Era obvio que quería preguntarle por las flores, pero sabía que su jefa no estaba por la labor de contarle nada.

Paige giró las persianas blancas para dejar pasar la menor luz posible, se quitó el abrigo y la bufanda y se sentó ante el ordenador para ponerse a trabajar. Pero la imagen de las flores ocupando la mitad de la mesa le impedía concentrarse.

¿Gabe iba a quedarse? No le había dicho nada la noche anterior. Y eso que le había contado muchas cosas... No, no podía permitirse albergar esperanzas, como tampoco podía desecharlas. Fuera como fuera, había llegado el momento de controlarse y protegerse, como había hecho toda su vida.

Lo más sensato sería poner fin a aquella locura sin

más demora. Tal vez ella no tuviera la fuerza de voluntad necesaria, pero sabía que tarde o temprano todo acabaría. Ya fuera de un modo rápido o lento, sería terriblemente doloroso. Como siempre.

Cuando Gabe llegó a casa aquella tarde, se sentía como si estuviera flotando. Nate y él se habían pasado casi todo el día en el despacho de su amigo, riendo, rememorando los viejos tiempos y encargando comida china mientras el resto del personal se volvía loco intentando solucionar el embrollo. Una de las cosas buenas de triunfar en la vida era que podían pagarles a otras personas para que hicieran el trabajo sucio.

Y lo mejor fue cuando entró en casa y se encontró a Paige sentada en la encimera de la cocina, jugueteando con el flamenco portamóviles. Tenía las piernas cruzadas por las rodillas y el sol del crepúsculo proyectaba reflejos dorados, rosas y naranjas sobre su cuerpo.... desnudo.

–Buenas tardes –lo saludó ella con una sonrisa. Se llevó una fresa de un cuenco cercano a los labios y sacó la lengua para lamer su jugo–. ¿Quieres una?

Gabe se quedó clavado en el sitio, incapaz de reaccionar ante la mayor fantasía erótica que podía tener un hombre. Pero ella no era una fantasía. Era real... y lo estaba esperando.

Tenía que decirle que no iba a vender la empresa y que no volvería a marcharse. Paige nunca había ocultado que solo quería una aventura pasajera. Igual que él. Pero su decisión de quedarse en la ciudad lo cambiaría todo. De un modo u otro.

Tenía que decírselo. Ella necesitaba y merecía saberlo. Pero no cuando Gabe hervía de deseo al encontrársela desnuda en su cocina.

Siempre se había dejado guiar por su instinto, y volvería a hacer lo mismo para saber cuándo era el momento adecuado.

Dejó caer el maletín del portátil al suelo y fue hacia ella. El último pensamiento coherente que cruzó su cabeza fue que tendría que hablar con Sam sobre la seguridad del edificio.

Paige recuperó lentamente la conciencia. Estaba tan drogada por los efectos del placer que apenas podía abrir los ojos. Pero, cuando el olor de Gabe se arremolinó bajo su lengua, recordó donde estaba. En la cama de Gabe, cubierta con un edredón oscuro y acurrucada contra el hombre grande y fuerte que tenía a su lado.

La escena de seducción que tenía planeada se había esfumado en cuanto miró a Gabe a los ojos y se dio cuenta de lo mucho que deseaba que él se quedara. Y, cuando él le apartó suavemente el pelo de la cara, se olvidó de todo salvo de como la hacía sentirse. Segura, adorada y tan ardiente como el sol.

Todo el control que había previsto recuperar se le había escapado entre los dedos, y era como si la hubieran vuelto del revés, hecho pedazos y vuelto a recomponer de una forma equivocada.

No, equivocada no. Distinta.

Se giró en los brazos de Gabe y le apartó un mechón para mirarlo mientras dormía. Sus largas pesta-

ñas descansaban tranquilamente sobre sus broncea-
das mejillas. Las aletas de la nariz se ensanchaban
con cada inspiración. Una barba incipiente le ensom-
brecía la mandíbula.

Se le escapó un suspiro de los labios, recordándole
lo inevitable. Se había pasado mucho tiempo conven-
ciéndose de que la intensidad de aquella aventura se
debía a la situación, a lo desesperada que estaba por
acostarse con un hombre y al poco tiempo que Gabe
iba a pasar en la ciudad.

Pero no era así. Le puso una mano sobre el corazón y se abandonó a las sensaciones que brotaban
dentro de ella. La punzada en el pecho, el calor en el
vientre, la imposibilidad de llenarse los pulmones de
aire... Eran como gotas de tinta vertidas en un estan-
que, formando pequeñas ondas desde su centro hasta
chocar suavemente contra su piel.

Gabe se removió y la oscilación de su pecho hizo
que la mano de Paige se deslizara sobre su piel como
si estuviera cabalgando en la cresta de una ola.

Aquel hombre, aquel calor, aquella sensación...
Solo había una palabra para englobarlo y definirlo
todo. Una palabra que ella se había pasado la vida
evitando, temiendo y ridiculizando.

Amor.

«Te quiero, Gabe», le susurró en silencio antes de
volver a dormirse.

Paige se mordió la uña, o lo que quedaba de ella,
mientras veía a Mae probándose unas botas blancas
en las rebajas de Bridge Road. Pero lo único que oía

eran los pensamientos que se arremolinaban en su cabeza.

Lo que había empezado a atisbar la noche anterior había desplegado las olas y emprendido el vuelo. Estaba perdidamente enamorada de Gabe. Con él hacía, confesaba y sentía cosas que nunca se hubiera imaginado. Nunca había estado con un hombre que la motivara lo suficiente para arriesgarse. Quería estar con él y tener una relación normal. Quería que se quedara.

Casi se había convencido a sí misma de que no era una ingenua. Gabe la deseaba y confiaba en ella, de eso estaba segura. Ella le había dado razones de sobra para que se alejara y, sin embargo, él seguía pidiendo más. ¿Acaso no era la prueba de que lo que ella quería era posible y no la fantasía a la que su madre se había aferrado hasta el último momento?

–¿Cuándo zarpa tu pirata? –le preguntó Mae.

–No estoy segura...

Mae le dio un mordisco a la chocolatina que había sacado del bolso.

–Pero su idea sigue siendo marcharse, ¿no?

–Sinceramente, no lo sé.

–¿No se lo has preguntado?

–No.

¿No se lo había preguntado porque esperaba que él sacara el tema? ¿O porque dudaba de las razones de Gabe para no habérselo dicho ya? ¿Porque temía que todo cambiara si se lo preguntaba? ¿O porque no creía que hubiera ninguna diferencia?

–Vaya... –dijo Mae–. Creo que deberías preguntárselo y decirle cómo te sientes, Paige. Si no lo haces, acabarás arrepintiéndote. Hazme caso.

Mae tenía razón. No podía seguir ocultando sus sentimientos. Tenía que declararse a Gabe.

No porque fuera a lamentarse si no lo hacía, sino porque era un buen hombre que siempre había intentado hacer lo correcto. Se lo diría porque él necesitaba saber la persona tan maravillosa que era. Se lo diría porque, si no lo hacía, le estaría mintiendo.

Y porque, si alguna vez había tenido la ocasión de vivir su vida, y no la que le imponían los errores ajenos, era en ese momento.

# Capítulo 11

E L MIÉRCOLES por la noche, Gabe y Nate fueron a un bar a disfrutar de un buen whisky escocés.

Gabe estaba agotado tras haberse pasado los dos últimos días trabajando con Nate en nuevos proyectos, pero feliz, como si volviera a tener veinticinco años y el mundo esperara a sus pies. Con la diferencia de que, en aquella ocasión, no tenía que viajar por todo el mundo para conservar la sensación de éxito.

Cerró los ojos y se dejó envolver por el ambiente de su ciudad natal. Había y siempre habría fantasmas... sus padres, su abuela, su error. Pero, bien pensado, Melbourne era un buen lugar para vivir. Su gastronomía, sus bares, sus eventos deportivos... Incluso el clima tenía su encanto si uno se habituaba al frío.

Y luego estaba Paige...

Abrió los ojos, pero a pesar del gentío y del ambiente recargado aún podía sentir la caricia de su dedo en la frente, el calor de su piel, su aliento en el hombro al susurrar las palabras: «te quiero, Gabe».

Habían pasado dos días y seguía con un nudo en el estómago. En su momento, había fingido estar dormido y no enterarse de nada, pero a medida que el whisky le calentaba la sangre, y la risa y las celebraciones de los empleados de Bona Venture le sacudían de encima los años de culpa y arrepentimiento, no pudo seguir ignorando la evidencia.

Paige estaba enamorada de él.

Por un instante fugaz, dejó que la idea se le filtrara bajo la piel. No podía seguir engañándose. Gran parte de la motivación para quedarse en Melbourne se la debía a ella. Estar con ella no había sido nada fácil. Era terca como una mula y en ocasiones podía ser un incordio, pero lo había fascinado con su espíritu apasionado y vivaz. Sí, hacía tiempo que había decidido que Paige Danforth era un regalo.

Pero nunca se había imaginado que fuera algo más que una excitante aventura. Y tampoco se había imaginado que lo fuese para ella.

Y sin embargo...

Podía ver la verdad en sus ojos y sentirla en sus caricias y en la forma incondicional en que se entregaba a él cuando hacían el amor. Había pasado tanto tiempo sin sentir algo tan profundo que no se había percatado de que una mujer, aquella mujer hermosa y seductora, lo amaba. Y la verdad lo llenaba de...

–Ah, y el trato con la empresa de software se ha venido abajo –dijo Nate.

–¿Cómo dices?

Nate le hizo un gesto al camarero para que les sirviera otra ronda.

–¿Es que no te acuerdas? Hace días fuiste a Sídney para...

–Sí, sí –lo cortó Gabe, ignorando la bebida que el camarero le deslizaba junto al codo–. ¿Qué ha ocurrido?

–Nada, simplemente se decantaron por otra opción. No le des importancia.

¿Que no le diera importancia? Imposible. Un escalofrío le recorrió la piel mientras se giraba hacia el espejo del bar. Él nunca perdía un contrato. Jamás. La palabra «fracaso» no figuraba en su vocabulario. La única vez que sus aptitudes le fallaron fue cuando se permitió distraerse con la vida real...

Paige. La mitad del tiempo se lo pasaba pensando en Paige, y la otra mitad intentando no pensar en ella. Y, como resultado, había echado a perder un trato importantísimo. Porque había creído que era un juego de niños. Y porque se pasaba el día con una erección permanente.

Masculló entre dientes y se frotó los ojos con las manos.

Desde que Paige intentó pillarle los dedos con la puerta del ascensor, supo que era una fuente de problemas. Y, sin embargo, se había lanzado de cabeza, incapaz de resistirse a sus encantos.

La primera vez que se dejó embaucar por una rubia hermosa tenía una excusa, pero ya no. No había aprendido nada en el tiempo que había pasado fuera. Y su imprudencia podía costarle muy cara.

Era el momento de dejarlo. Había hecho lo que tenía que hacer en Melbourne, y de nuevo era hora de partir.

Se sintió más tranquilo al tomar la decisión y lo vio como una buena señal. Su instinto era lo único que podía marcarle la moralidad y el camino recto.

Su mano encontró la copa y el hielo tintineó suavemente contra el cristal. Al llevársela a la boca, vio su reflejo en el espejo entre las botellas alineadas tras la barra. Reconoció el mentón de su padre, el pelo de su madre y los ojos de su abuela.

Y supo que se estaba engañando.

¿Moralidad? ¿Camino recto? Y un cuerno. La verdad era que había buscado desesperadamente una excusa para escapar en cuanto Paige le susurró aquellas tres palabras en la cama. Porque aquellas palabras le habían llegado al fondo de su corazón y habían destapado algo que creía enterrado para siempre.

Él no buscaba ni quería el amor en su vida. El amor solo significaba dolor y pérdida.

Apenas pensaba en sus padres, pero su fugaz recuerdo le dejó una amarga sensación de vacío. Los recuerdos de su abuela, por contra, eran mucho más profundos y dolorosos. Ella le había inculcado los valores para llevar una vida digna y decente. Y al morir, Gabe perdió el rumbo.

La culpa la tenía aquella maldita ciudad, pensó. Los fantasmas que allí habitaban nunca lo dejarían en paz. Por eso había tardado tanto tiempo en volver. Y, en esa ocasión, no se permitiría olvidarlo.

Se giró de espaldas al espejo, incapaz de seguir enfrentándose a su mirada.

No importaban los motivos, la decisión estaba tomada.

Y era lo mejor que podía hacer.

Era lo mejor. Se lo repitió mil veces desde que salió del bar y llamó a la puerta de Paige. Pero, cuando ella le abrió con música de fondo, descalza, con el pelo recogido en una cola, una camiseta rosa ceñida a los pechos, unos vaqueros viejos moldeando sus caderas y dejando una franja de vientre a la vista, tan pequeña, dulce y vulnerable sin su atuendo habitual y sus altos tacones, Gabe tuvo que repetírselo de nuevo.

–Pasa, pasa –lo apremió con voz jadeante. Se puso de puntillas para abrazarse a su cuello y apretarse contra él, y Gabe dejó escapar un largo suspiro.

Antes de saber lo que hacía, la abrazó por la cintura y la apretó con fuerza, perdiéndose en su calor, su fragancia y su sabor hasta que la sangre le hirvió en las venas.

De nuevo, tuvo que repetírselo.

–Pareces cansado –le dijo ella mientras se apartaba y se lamía los dedos de camino a la cocina. Un olor delicioso impregnaba el apartamento.

Cuando lo miró por encima del hombro, con el dedo entre los dientes y un brillo risueño en los ojos, sus sentimientos hacia él fueron tan claros que para Gabe fue como recibir un puñetazo en las costillas.

–¿Ocurre algo? –le preguntó ella, girándose hacia él con el ceño fruncido.

–Me marcho –le dijo de golpe. Como si se arrancara un esparadrapo de un tirón. Rápido y doloroso, pero mejor para ambos.

Paige mantuvo el dedo en la boca unos segundos, antes de retirarlo lentamente. Sin dejar de fruncir el ceño, agarró un trapo y lo deslizó entre las manos.

–¿Adónde esta vez?

No tenía una respuesta. Aquella tarde había consultado sus correos electrónicos y había encontrado un par de interesantes posibilidades en París y en Bruselas y otra en Salt Lake City. Pero no había reservado ningún vuelo. Lo primero era lo primero.

Paige se fijó entonces en las bolsas que Gabe había dejado en el rellano... Las mismas bolsas que llevaba cuando llegó al edificio semanas antes.

–¿Te marchas?

Él asintió y apretó la mandíbula al ver luchar a Paige contra la inevitable certeza que ambos habían ignorando egoístamente.

–Pero yo creía que... Quiero decir, ¿no vas a...? –sacudió la cabeza–. ¿Cuándo volverás?

–No lo sé. Depende del trabajo.

Paige arqueó las cejas en una expresión de incredulidad.

–¿No eras tú el jefe? Pensaba que tu posición te permitía fijar tus propios horarios.

–No es así como trabajo. Nunca lo ha sido.

Paige puso los brazos en jarras, sin soltar el trapo.

–Entonces, quizá puedas responderme a esto... ¿Cuánto tiempo estuviste fuera la última vez que huiste?

–Bastante –respondió, antes de darse cuenta de que no había negado que estuviera huyendo.

–¿Semanas? ¿Meses? ¿Años?

–Algo así.

Ella asintió, con una mezcla de dolor, ira y resignación desfigurando sus bonitos rasgos. Se deslió el trapo de la mano y lo dejó en la encimera.

–¿Y la próxima vez que vuelvas a dejarte caer por aquí me dirás que podemos retomarlo donde lo dejamos?

Gabe apretó los dientes contra el destello de esperanza que se encendió en sus ojos azules y que contradecía el tono sarcástico de su voz. Nunca había imaginado que fuera tan difícil hacer lo correcto. Pero podía y debía hacerlo. Paige se merecía ser feliz con alguien que pudiera ser feliz con ella.

Cuando no dijo nada, el brillo de esperanza acabó apagándose en los ojos de Paige. Si las miradas pudieran congelar, Gabe se habría convertido en un témpano.

–Vaya... –dijo ella–. No sé cómo he podido esperar que dijeras que sí. Lo cerca que he estado de ser esa mujer que se conforma con las migajas que va dejando el hombre al que... –se tragó la última palabra y Gabe sintió un alivio tan grande que se despreció a sí mismo.

Ella levantó la cabeza y lo miró fijamente a los ojos.

–Pues yo nunca seré esa mujer.

Todo el calor y dulzura se habían evaporado y una máscara de hielo le cubría el rostro. Era la misma fachada que les ofrecía a los otros hombres y que se había quitado para él. Aquel distanciamiento debería reafirmarlo en su decisión, pero, en el fondo, quería que Paige reaccionara y volcase su furia contra él.

Pero si era frialdad lo que necesitaba, frialdad sería lo que recibiera.

–Muy bien.

Una chispa traspasó el muro de hielo azul, y Gabe se plantó firmemente en el suelo.

–Si para ti todo se reduce a una simple despedida, ¿por qué has venido? ¿Para decírmelo a la cara?

A Gabe no se le ocurrió ninguna respuesta que tuviera sentido, de manera que recurrió a la evidencia.

–Desde el principio sabías que esto solo era una aventura.

–¿Y eliges este momento para recordármelo? Fuiste tú quien me pidió una cita. Y fue tu mejor amigo el que me envió flores al pensar que yo fui la responsable de que... –volvió a sacudir la cabeza, antes de agacharla como si no le quedaran fuerzas.

Gabe dio un paso hacia ella. Su olor lo envolvió, más fuerte que lo que estuviera cocinando, más dulce que los dónuts o que cualquier otra cosa.

–Paige, eres una mujer extraordinaria...

–Cállate. Y no te acerques.

La congoja que se reflejaba en su rostro lo estaba matando. Pero la decisión estaba tomada. No se trataba de lo que quería hacer, sino de lo que debía hacer.

Alargó un brazo y le colocó un mechón tras la oreja.

–Ha sido... –«increíble, maravilloso, algo único en la vida»–. Estupendo.

Ella tragó saliva y parpadeó un par de veces, como si no pudiera creérselo. Como si esperara despertarse y descubrir que todo había sido un mal sueño.

Gabe debió de acercarse, porque, de repente, la tuvo apretada contra él, con las manos en su espalda y la cabeza en su pecho. Él apoyó la barbilla en su pelo, cerró los ojos y se dijo que tal vez podría empezar desde cero su vida.

Con un esfuerzo sobrehumano consiguió apartarse.

–Adiós, Paige.

Ella se rodeó con los brazos y se mordió el labio, negándose a pronunciar una despedida.

Gabe apenas podía sentir los pies al salir del apar-

tamento. Se colgó las bolsas al hombro y llamó al ascensor. Las puertas se abrieron al instante y él entró
rápidamente. No tuvo ocasión de mirar atrás, porque
el ascensor se cerró enseguida y comenzó a descender antes de que él tuviera tiempo de pulsar ningún
botón.

# Capítulo 12

G ABE se recostó en la silla de hierro forjado en la terraza de una cafetería y paseó la mirada por la plaza San Marcos, donde las hordas de turistas se maravillaban con la arquitectura veneciana y donde los jóvenes nativos de pelo negro abordaban a las mujeres extranjeras entre el aleteo y el arrullo de las palomas.

Se acabó su expreso y volvió a los correos electrónicos que había recibido de los distintos departamentos de Bona Venture. Nate no pareció sorprenderse con su marcha, pero le había hecho jurar que volvería antes de un mes y que usaría los vastos recursos de la empresa en vez de intentar hacerlo todo por su cuenta.

Gabe estaba convencido de que cerraría el trato, pero, para ser honestos, le importaba un bledo.

Podrían cerrar el trato o no. Pero la vida seguiría su curso.

Lo que lo había mantenido en vela noche tras noche era la imposibilidad de imaginarse qué clase de vida sería.

Antes de cerrar el correo electrónico, volvió a repasar la lista de mensajes por si se le había pasado alguno por alto. Ninguno. Y tampoco ninguna llamada perdida. Al menos, no la que esperaba recibir.

Cuando llegó a Venecia se puso a deambular por las callejuelas para adaptarse al cambio horario, y se detuvo al ver un par de flamencos en el polvoriento escaparate de una tienda de bagatelas. Pensó en sacarles una foto con el móvil y enviársela a Paige como oferta de paz. Se lamentaba no haber acabado con más clase su relación. Pero, en el fondo, quería saber que ella pensaba en él, aunque solo fuera un instante o aunque lo viera como una escoria. Porque él no dejaba de pensar en ella.

No había hecho la foto y había seguido caminando.

Sabía que había hecho lo correcto al romper con ella y, sin embargo, no lo sentía así. Lo que sentía era... soledad.

Cerró el portátil, lo guardó en la bolsa y se la colgó al hombro. Se puso las gafas de sol y volvió a perderse por los callejones de Venecia. Pero era imposible perderse de verdad, pues todos los caminos conducían al agua.

En Venecia, al contrario que en Melbourne, aún no lo acosaban los fantasmas del pasado. Pero la tranquilidad que se respiraba en sus canales le hacía imposible ignorar las voces de su cabeza. Se había convencido de que había abandonado a Paige para no sufrir su pérdida en el futuro. Pero el resultado era el mismo. Y, bajo el radiante cielo de Italia, comprendió finalmente que durante toda su vida había evitado el amor y la felicidad solo porque no creía merecerlos.

El sentimiento de culpa lo había acompañado durante tanto tiempo que no recordaba otra cosa, pero hasta que no oyó la confesión de Paige no supo lo que era realmente un sentimiento.

Se detuvo en un puente donde un grupo de turistas observaba a un gondolero con su gorro de paja, remando tranquilamente por el canal mientras cantaba *O sole mio*.

La canción le recordó el trayecto en taxi la noche de su única cita con Paige. En aquel momento había luchado por ella, negándose a perderla. Y contemplando el destello del agua empezó a comprender por qué. Aquella noche ya se estaba enamorando de ella y, por mucho que intentara aferrarse a sus ideales de siempre, su instinto lo había acuciado a ir tras ella.

Se alejó del puente y siguió callejeando y dando vueltas como un ratón en un laberinto.

No tardó en salir de nuevo al agua, y el hedor del canal lo hizo girarse e internarse en otro callejón, oscuro, estrecho, frío y húmedo. Caminó y caminó hasta que empezó a sudar y a resentirse por el peso de la bolsa. Hasta que el sol asomó entre los edificios que se inclinaban precariamente a cada lado.

Se detuvo y levantó el rostro hacia los rayos de luz y calor. Con cada respiración iba expulsando los restos de culpa y tristeza y llenando el espacio libre con ilusión y esperanza. Y con Paige. Con su olor, su sonrisa, sus ojos, su carácter entusiasta y obstinado. Y con aquella única noche en la que le confesó su amor en un dulce susurro.

Algo lo cegó, un rayo de sol o un destello del agua, y al parpadear sintió que el suelo se movía bajo sus pies y tuvo que extender los brazos para guardar el equilibrio.

Aspiró profundamente y comprendió que aquel tambaleo no se debía a que la ciudad estuviera suspendida sobre el mar. Era vértigo. Y se lo provocaba Paige. Ella hacía que se le desbocara el corazón, le hirviera la sangre y le diese vueltas la cabeza.

Y, aunque no fuera fácil reconocerlo y aceptarlo, aquella energía, aquella euforia, aquel júbilo que le recordaba que estaba vivo, era la pasión y la seguridad que había estado persiguiendo toda su vida.

Paige repasó por última vez los detalles del viaje a Brasil.

Lo tenía todo preparado. El hotel, el permiso para usar la playa, los proveedores, el fotógrafo... Comprobó que tenía el pasaporte en regla y le dejó un mensaje a Sam en el contestador para decirle que estaría fuera. Por último, cerró la puerta y metió la llave en un sobre para dejarlo en el buzón de la señora Addable, de modo que su vecina pudiera regarle las macetas.

Llamó al ascensor e intentó sofocar su impaciencia mientras miraba el panel numérico. Pero estaba deseando subirse al avión lo antes posible. Tensó todo el cuerpo cuando sonó el timbre del ascensor. Y cuando las puertas se abrieron...

El corazón le dio un vuelco.

Porque en el interior del ascensor, vestido con vaqueros, botas y chaqueta de cuero, tan alto e imponente como el primer día que se vieron, estaba...

–¿Gabe?

–Buenos días, Paige.

Su voz, profunda y varonil, le recorrió la espalda y la clavó en el sitio, llenándola con un dolor tan grande que apenas podía soportarlo.

Gabe la había abandonado sin mirar atrás. Una voz interior le gritaba que se protegiera, pero era incapaz de hacerle caso frente a aquellos ojos oscuros y penetrantes, esos hombros anchos y robustos y esa fragancia embriagadora.

Estaba cansada de esperar siempre lo peor. Era mucho más satisfactorio esperar lo mejor. Y, si existía la menor posibilidad de tener una relación de verdad, como la de Mae y Clint, necesitaba estar preparada para aceptarla y abrirse a ella. Aunque eso significara un nuevo desamor. El riesgo merecía la pena. Gabe valía la pena.

–Tenía la esperanza de encontrarte aquí antes de que te fueras a trabajar –dijo él con toda la naturalidad del mundo.

¿A trabajar? Al parecer no se había fijado en su ropa de viaje. Gorro, camiseta deportiva, blazer y pantalones azules.

No, no se había fijado porque no apartaba la mirada de sus ojos, como aquel día en el ascensor cuando ella cargaba con un vestido de novia.

–¿Qué haces aquí? –le preguntó, intentando reprimir un brote de esperanza–. ¿No debías estar en Venecia?

Él arqueó las cejas y ella se dio cuenta, demasiado tarde, de que había admitido conocer su paradero.

–Sí, lo estaba. Pero ya no. Tengo a mis ordenes a

un personal muy eficiente que puede ocuparse de todo y dejarme a mí el protagonismo.

–Afortunado que eres... –soltó la maleta al sentir que tenía los dedos agarrotados–. No me voy al trabajo. Me iba a Brasil.

Gabe apartó la vista de sus ojos y la miró de arriba abajo.

–¿A Brasil? ¿Por el catálogo? De modo que lo has conseguido. Muy bien hecho... Te encantará. ¿A qué hora sale tu vuelo? –mientras hablaba se agarró a las puertas del ascensor, como si pretendiera impedirle el paso.

–He dicho que «me iba».

Él volvió a mirarla a los ojos, y el destello de esperanza que ardió en ellos casi hizo que se le saliera el corazón del pecho.

–¿Ya no te vas?

–No. Yo también tengo subordinados que pueden ir en mi lugar.

Gabe respiró profundamente y dio un paso adelante.

–Así que los dos delegamos nuestras tareas para tener tiempo libre...

–¿Y en qué vamos a ocupar ese tiempo?

–Ven aquí –le ordenó él, apartándose de la puerta–. Se me ocurren algunas ideas.

No tuvo que pedírselo dos veces. Paige dejó la maleta en el suelo, junto al bolso y las llaves, y entró en el ascensor. Se desplazó hasta el fondo y miró a Gabe, cuya envergadura tapaba la luz y empequeñecía el espacio. Y cómo olía... A aire fresco, algodón limpio, jabón y embriagadora virilidad. Tuvo que apretar los puños para no acariciarle la mejilla y la frente. Parecía cansado.

–¿Un vuelo muy largo?

–Una semana muy larga –respondió él–. La más larga de mi vida.

Paige se lamió los labios. Necesitaba saberlo. Necesitaba oírselo decir. Y en la visión de su rostro, atractivo, curtido y anhelado, encontró el coraje para preguntárselo.

–¿Por qué has vuelto?

Él tardó unos segundos en responder, que a Paige se le hicieron eternos.

–Tengo algo para ti.

Se inclinó hacia un lado y Paige vio el envoltorio de papel de periódico que había en el suelo del ascensor. Gabe lo agarró y se lo ofreció. Ella lo aceptó, con el corazón en un puño, y retiró el improvisado envoltorio de prensa italiana. Gabe no entendía nada de finuras, pero el detalle le llegó a Paige al alma.

Un ojo negro asomó entre el papel. Seguido de una cabeza rosada. Un pico. Dos picos. El periódico cayó a sus pies y Paige se quedó con dos flamencos en las manos. Eran muy viejos y estaban llenos de arañazos, pero sus cuellos se curvaban en forma de corazón con los picos pegados.

Gabe tal vez no supiera nada de adornos y finuras, pero sabía mucho de ella. Tanto, que a Paige se le formó un nudo en la garganta y se quedó sin habla.

–Sabes muy bien por qué he vuelto, Paige.

Le quitó los flamencos para dejarlos en el suelo y le acarició el cuello, los hombros y el borde de los pechos, antes de rodearle la cintura con las manos.

Paige tuvo que agarrarse a las solapas de su chaqueta para no derrumbarse a sus pies.

–Eso me gusta creer –le confesó–, pero no me importaría oírlo.

Sus ojos destellaron con humor y pasión.

–He vuelto... –pegó la frente a la suya– porque me quieres.

Paige ahogó una carcajada mezclada con un sollozo.

–¿Perdón? –se llevó la mano a la garganta, pero Gabe se la agarró y le besó los nudillos.

–Me quieres –repitió, girándole la mano para besarle la muñeca–. Eso me dijiste. Cuando estábamos en la cama.

–¡Yo no lo dije en voz alta!

–Me temo que sí. Y, desde entonces, no he dejado de sentir tu aliento en mi mejilla.

Paige se llevó la otra mano a la mejilla. Gabe sabía que lo amaba. Y, no obstante, había vuelto y le estaba besando la punta de los dedos...

–¿Lo sabías y aún así te...?

Gabe se puso su mano sobre el corazón y le sujetó el rostro para mirarla fijamente a los ojos.

–Lo sabía y me resultaba imposible creerlo. Hasta que descubrí que lo imposible era no creerlo.

Para que aún le fuera más difícil comprender lo que estaba pasando, se puso a darle besos por la frente, los párpados y la comisura de los labios mientras sus manos bajaban hasta su trasero.

–Desde que te conocí, no he dejado de intentar convencerme de que todo estaba pasando demasiado rápido para ser real... De que eras demasiado buena para ser real. De que necesitaba más tiempo para estar seguro.

La vieja Paige habría estado de acuerdo con todo eso, pero la nueva y mejorada Paige estaba flotando en una nube. Se pegó a él y ladeó la cabeza para facilitarle el acceso a su cuello.

—¿Y ahora?

—Han hecho falta veinte mil kilómetros e intentar volver a una vida que había dejado atrás para darme cuenta, Paige Danforth, de que nada es demasiado rápido —levantó la cabeza y la miró con unos ojos cargados de deseo—. Estoy enamorado de ti, Paige. Y estoy preparado para ofrecerte mi amor y recibir el tuyo.

Era todo lo que Paige necesitaba oír. Le acarició la mejilla con el dorso de la mano, sintiendo la aspereza de su barba de una semana, y entrelazó los dedos en sus negros cabellos para tirar de él hacia ella y besarlo con todo su corazón, abandonándose a los sentimientos que tanto se había esforzado por evitar.

Y que nunca más evitaría.

—Te quiero más de lo que imaginas —le susurró al separarse para respirar.

—Estupendo, porque quiero comprarme un traje y creo que eres la persona adecuada para ayudarme a elegirlo.

—¿Un traje? Nunca te he visto llevar un traje.

—Puede que necesitara el estímulo apropiado.

—¿Como cuál?

—No creo que mi chaqueta de cuero combine bien con ese vestido tuyo. El blanco con todos esos abalorios...

–Son perlas –corrigió Paige, aun cuando el corazón le latía con tanta fuerza que temía desmayarse de un momento a otro–. Perlas auténticas de agua dulce.

–Lo que tú digas. Pero me hará falta un traje en condiciones que haga juego con el vestido, ¿no?

Paige intentó hacerse una idea, pero la imagen de Gabe recién afeitado, con un frac de color gris, faldones, faja, sombrero y chaleco con botones perlados, era tan ridícula que no pudo evitar reírse.

–¿La idea de casarte conmigo te resulta divertida, señorita Danforth?

Dejó de reír en cuanto Gabe apoyó una rodilla en el suelo y le levantó la camiseta para besarle la barriga.

–¿Quieres casarte conmigo? –le preguntó ella. Las piernas no pudieron seguir sosteniéndola y se sentó en la rodilla de Gabe.

–¿Crees que he hecho tantos kilómetros con un par de flamencos solo por capricho? De eso nada. Eres mía, Paige. Y estoy deseando ver las caras de tu club de fans cuando estés caminando hacia el altar.

Paige no tenía ni idea de a qué se refería con su club de fans.

–Te conozco, Gabe. Y sé que no te fijarías en nadie salvo en mí.

–Tienes razón. ¿Y bien? ¿Qué dices?

–Digo que sí, pero con una condición –añadió rápidamente–. No quiero que lleves un traje por mí. Te quiero tal y como eres.

–Lo sé –le quitó el gorro y la besó como si le fuera la vida en ello.

Las puertas del ascensor se habían cerrado, pero a

Paige no le importaba esperar a que volvieran a abrirse. Había esperado a Gabe toda su vida y podía esperar unos minutos más.

Aquel hombre alto, fuerte y varonil que había pensado en ella al ver los flamencos. El peligroso pirata que estaba dispuesto a comprarse un traje por ella. El viajero que por fin había vuelto a casa.

El hombre que solo tenía ojos para ella.

«Lo único que te pido es que compartas mi lecho».

Luca Barbarigo había esperado tres largos años, y al fin estaba preparado para vengarse de Valentina Henderson. Tras una inolvidable noche, ella lo había abandonado dejándole un montón de recuerdos subidos de tono y el escozor de la bofetada sobre su mejilla. Pero eso no era lo peor de todo. Tina se había jurado no volver a verlo nunca más, pero nadie podía dejar tirado a Luca Barbarigo. Por eso se vio obligada a enfrentarse de nuevo al hombre que la había destrozado, armada únicamente con su inocencia. ¿Cuál sería el precio a pagar por abandonarlo una segunda vez?

Boda en Venecia

**Trish Morey**

# Acepte 2 de nuestras mejores novelas de amor GRATIS

## ¡Y reciba un regalo sorpresa!

## Oferta especial de tiempo limitado

### Rellene el cupón y envíelo a
### Harlequin Reader Service®
3010 Walden Ave.
P.O. Box 1867
Buffalo, N.Y. 14240-1867

**¡Si!** Por favor, envíenme 2 novelas de amor de Harlequin (1 Bianca® y 1 Deseo®) gratis, más el regalo sorpresa. Luego remítanme 4 novelas nuevas todos los meses, las cuales recibiré mucho antes de que aparezcan en librerías, y factúrenme al bajo precio de $3,24 cada una, más $0,25 por envío e impuesto de ventas, si corresponde*. Este es el precio total, y es un ahorro de casi el 20% sobre el precio de portada. !Una oferta excelente! Entiendo que el hecho de aceptar estos libros y el regalo no me obliga en forma alguna a la compra de libros adicionales. Y también que puedo devolver cualquier envío y cancelar en cualquier momento. Aún si decido no comprar ningún otro libro de Harlequin, los 2 libros gratis y el regalo sorpresa son míos para siempre.

416 LBN DU7N

| | |
|---|---|
| Nombre y apellido | (Por favor, letra de molde) |
| Dirección | Apartamento No. |
| Ciudad | Estado    Zona postal |

Esta oferta se limita a un pedido por hogar y no está disponible para los subscriptores actuales de Deseo® y Bianca®.
*Los términos y precios quedan sujetos a cambios sin aviso previo.
Impuestos de ventas aplican en N.Y.

SPN-03                                    ©2003 Harlequin Enterprises Limited

## Deseo

### Su primera vez

# NATALIE ANDERSON

Roxie se había visto obligada a crecer muy rápido, así que se había perdido muchas primeras veces. Ahora, con una lista de seis puntos pendientes, estaba preparada para empezar con el más importante: ¡perder la virginidad! A su nuevo vecino, el atractivo médico Gabe Hollingworth, le gustaban las aventuras de una noche… ¡y era un bombón! A lo mejor él podía ayudarla… Sin embargo, Gabe quería ser algo más que solo un punto conseguido en su lista de cosas pendientes y le propuso un reto que ella no podría aceptar: escapar de la química que había entre ellos.

*¡Necesitaba experiencia!*

# ¡YA EN TU PUNTO DE VENTA!

# Bianca.

**Su sonrisa escondía muchos secretos…**

Orgullo y ternura

Lucy Ellis

Arruinada, a punto de perder su casa y sola en el mundo, Lorelei St James era una heredera al borde del abismo. Sin embargo, ocultaba su desesperación detrás de una sempiterna sonrisa. El hecho de que un desconocido, muy atractivo por cierto, la reprendiera por su modo de conducir no iba a conseguir que se quebrara la fachada que tan cuidadosamente se había construido…

Nash Blue, el famoso piloto de carreras australiano, sabía un par de cosas sobre el orgullo y no tardó en ver a través de la elegante barrera que Lorelei había erigido para protegerse. Nash jamás se había escondido de los desafíos, pero estaba ante el mayor de todos: dejar al descubierto a la verdadera Lorelei St James.